CHRISTOPHE
BOLTANSKI

Die Leben des Jacob

Roman

Aus dem Französischen
von Tobias Scheffel

Hanser

Dieses Buch erscheint im Rahmen des Förderprogramms des französischen Außenministeriums, vertreten durch die Kulturabteilung der französischen Botschaft in Berlin.

INSTITUT FRANÇAIS
DEUTSCHLAND

Die Arbeit des Übersetzers am vorliegenden Text wurde vom Deutschen Übersetzerfonds gefördert.

Das Motto wird zitiert aus Fernando Pessoa, »Vom Vergehen der Stunden«, in: *Álvaro de Campos. Poesia – Poesie*, aus dem Portugiesischen von Inès Koebel, Amman Verlag, Zürich 2007.

1. Auflage 2023

ISBN 978-3-446-27627-7

Umschlag: Peter-Andreas Hassiepen, München
Motiv: © Jacob B'chiri/DR
Satz: Gaby Michel, Hamburg
Druck und Bindung: CPI books GmbH, Leck
Printed in Germany

FSC
www.fsc.org
MIX
Papier | Fördert gute Waldnutzung
FSC® C083411

FÜR EMMA

Dasselbe sein, auf alle mögliche Art, zur selben Zeit,
In sich die gesamte Menschheit aller Augenblicke verwirklichen
In einem einzigen Augenblick, verschwommen, verschwenderisch,
vollkommen und fern. […]
Ich vervielfältigte mich, um mich zu fühlen,
Um mich zu fühlen, mußte ich alles fühlen.

Fernando Pessoa, *Vom Vergehen der Stunden*

DU GEHST AUF den Vorhang zu und schaust zwangsläufig darunter hindurch, um dich zu vergewissern, dass dort niemand ist. Der dicke, schwere Faltenstoff erinnert dich sicher an ein Theater. Markiert sein Auf- und Zugehen nicht deinen Auftritt? Mit den Fingerspitzen schiebst du ihn zur Seite und verschwindest dahinter, wie durch Zauberei. Beim Hindurchgehen streift dein Kopf die raue Oberfläche, ihr staubiges schwarzgraues Moiré. Mit einer jähen Bewegung zerrst du ihn wieder zu, so, wie du eine Tür zuknallst. Du betrittst die Bühne lieber unter Ausschluss der Öffentlichkeit und hattest es sicher eilig, aus dem Gedränge herauszukommen. Entlang der Vorhangstange ziehst du eine punktierte Linie, eine zitternde Grenze zwischen dir und den anderen. Das ist deine Art, einen Schritt beiseitezutreten, dich zu vereinzeln. Und auch, deinen Platz zu finden.

Du verlässt deine graue Metro und alles, was damit zusammenhängt, den immer gleichen Alltag voller Routine und Langeweile. Ein einfacher, halbhoher Behang genügt, dich von der Welt abzusondern. Schon bist du inmitten der Menge abgeschieden. Deine Mitmenschen haben kein Gesicht mehr. Sie sind reduziert auf Schritte, auf ein Kommen und Gehen von Schuhen auf dem Asphalt. Sicher magst du dieses Gefühl des Dazwischenseins, gleichzeitig drinnen wie draußen zu sein, dich zu verbergen – und das vor aller Augen.

Die Kabine des Fotoautomaten steht, zwischen Fahrkartenschalter und den Rolltreppen, in der Ecke eines Ganges vor einer gefliesten Wand. Über ihr prangt ein Leuchtschild, man sieht nur sie und doch bemerkt sie niemand. Ihr Standort hat keine große Bedeutung. Sie könnte überall stehen. In einem Wartesaal, einer Postfiliale, einem Kaufhaus. Dein Versteck hat eine Vorliebe für Schatten, zugige Ecken, Unterführungen, zugleich bevölkerte und anonyme Orte, wo Menschen sich begegnen, ohne sich anzusehen. Damit gehört es zum städtischen Mobiliar, genau wie Zeitungskioske oder Litfaßsäulen. Es macht dich froh, überall, wo du hingehst, dieselbe Quaderform, denselben geriffelten Stahlboden, denselben gusseisernen Drehsitz, dasselbe aseptische Ambiente eines Operationssaals anzutreffen.

Du leerst deine Taschen und vergewisserst dich, dass du Kleingeld hast. Du suchst vier 1-Franc-Münzen heraus, denn wir befinden uns am Anfang der 1970er Jahre. In dieser Phase der Umwälzungen scheinst du klare, kantige Dinge zu mögen. Gut geölte Maschinen. Streng getaktete Operationen.

Das grelle Licht der Scheinwerfer lässt dich blinzeln. Schon bist du nicht mehr derselbe. Dein metallenes Gehäuse vermittelt dir einen Anflug von Stabilität. Wie ein Buddha auf seinem Sockel, gleichgültig gegenüber dem dumpfen Trubel der Passanten und dem aus den Tiefen dringenden Quietschen, schenkst du den unter deinen Füßen vibrierenden Zügen keine Aufmerksamkeit. Wo du bist, kann nichts und niemand dich erreichen. Reglos, fast hieratisch, versuchst du, dich zu konzentrieren, wie ein Sportler vor einem wichtigen Wettkampf. Du hast eine Verabredung mit dir selbst.

Trotz der Enge, dem Schmutz, dem Schweißgeruch, den obszönen Graffiti fühlst du dich in diesem für alle offenen Kubus zu Hause. Jedes Mal, wenn du dorthin zurückkehrst, empfindest du eine Art Taumel. Du atmest ein und weitest dich. Das hier ist deine Maschine, um dich zu kopieren. Du kommst allein und gehst in vier Exemplaren. Du ziehst dich von den anderen ab, um dich dir besser hinzuzufügen.

Ist der Schemel zu niedrig? Mit der flachen Hand stellst du ihn höher, während du einen unsichtbaren Punkt irgendwo am Horizont fixierst. Jetzt versuchst du, den Mantel auszuziehen, eine heikle Übung, wenn der Platz nicht einmal reicht, um die Arme auszustrecken. Am Ende einer Reihe eher plumper akrobatischer Verrenkungen kannst du dich endlich setzen und deinem Äußeren wieder einen Anschein von Ordnung verleihen. Du inspizierst deine Gestalt in dem dir gegenüber fixierten Glaskarree und entblößt eine makellose Zahnreihe. Eine Tastatur aus funkelndem Elfenbein, ohne Erhöhung, ohne Dämpfer. Maximal gestreckte Jochbeinmuskeln, gepresste Kiefer, bis zu den Ohren geöffneter Mund. All deine Muskeln leisten ihren Beitrag, um dieses undurchdringliche marmorne Lächeln zu formen, fast bis zur Grabesstarre.

Die Kontraktion deiner Mundwinkel bewirkt, dass die beiden Büsche über deinen Augenhöhlen sich verbinden. Du wirkst angespannt, vor allem ernster als gewöhnlich. Du posierst in Dreiviertelansicht, mit leicht geneigtem Kopf. Deine Erscheinung ist gepflegt. Du trägst ein helles, perfekt gebügeltes Hemd mit englischem Kragen, das sich von deiner matten Haut abhebt, eine klassisch geschnittene Jacke von grauer oder brauner Farbe und eine dazu passende Clubkrawatte. Unmöglich, Genaueres zu sagen. Das Foto, das deinen Besuch bezeugt, ist schwarz-weiß.

Deine kräftige Mähne hast du gebändigt. Nichts steht ab oder kräuselt sich. Oben auf dem Schädel ist dein Haar dichter; nach hinten geklatscht, an den Schläfen gestutzt, verleiht es dir das Aussehen eines Klassenprimus. Sicher kommst du gerade vom Friseur. Deine Haut ist glatt, am Morgen, höchstens am Abend zuvor rasiert. Wie die Spur einer Schnittwunde verschattet ein kreisförmiger Fleck deine Lippe. Die Anspannung deiner Züge offenbart einen leicht vorstehenden Kiefer. Dein großer Mund, die hervortretenden Wangenknochen, die hohe Stirn, das spitze Kinn, das ausdrucksstarke, ein wenig clowneske Gesicht zeigen eine entfernte Ähnlichkeit mit dem Schauspieler Roberto Benigni. Du bist vierundzwanzig oder fünfundzwanzig Jahre alt.

Deine Brille mit großen ovalen Gläsern und dickem Gestell hast du abgenommen. Wie es üblich ist, zeigst du dein Gesicht frei, die Haut unbedeckt, den Blick offen. Du setzt dich schutzlos aus, so entblößt wie möglich, als hinge die Wahrheit deines Wesens davon ab, dabei manifestiert sich genau das Gegenteil. Unsere Appretur macht uns menschlicher, die Mittellosigkeit gleicht uns an.

Wahrscheinlich startest du die erste Etappe einer langen Prozedur, die zur Ausstellung irgendeines Dokuments führt. Das würde deine etwas steife Haltung erklären. Deine Box, die kaum größer ist als ein Sarg, erfüllt die Aufgabe einer öffentlichen Einrichtung. Sie hilft dabei, die Menschen zu kartographieren, sie aktenmäßig zu erfassen, zu laminieren, zu stempeln und in einen Umschlag zu stecken. Fast ist es, als beträtest du das Vorzimmer eines Rathauses oder einer Präfektur. Vor deinem automatischen Schalter zeigst du dich gewiss beeindruckt und verhältst dich mit größter Vorsicht, wie jedes Mal, wenn du einem kalten Ungeheuer entgegentrittst.

Also wirfst du dich in die Brust, hältst die Luft an, spannst die Ringmuskeln, um die Pupillen weit geöffnet zu halten, wenn der Blitz aufflammt. Tastend steckst du die Münzen in den eingefassten Geldeinwurf. Dein ganzer Körper wird starr. Der Apparat produziert vier dumpfe Laute, wie eine Luftblase, die aus der Wasseroberfläche dringt, oder die Schüsse einer Pistole mit Schalldämpfer in einem Film von Michel Audiard. Ein blendender Strahl dringt aus seinem Inneren und erhellt dein Gesicht. Und dann, nichts mehr. Kein Schimmer mehr, kein Geräusch. Noch immer geblendet, verlierst du dein gewandtes Auftreten und sackst zusammen, wie jene alten Komiker, die eine Art Starrsucht überkommt, kaum ist ihre abgenudelte Nummer zu Ende. Du erwachst aus deiner Lethargie und ziehst eilig den Mantel wieder an. Eine letzte Anweisung fordert dich auf, so schnell wie möglich das Feld zu räumen: »Bitte bleiben Sie nicht in der Kabine, damit der Nächste sie benutzen kann«, ist ganz unten auf dem Schild als Epilog zu lesen.

Niemand kommt und trachtet nach deinem Platz. Der Apparat zieht nie viele Menschen an. Du fragst dich manchmal, ob du nicht sein einziger Kunde bist. Die Leute um dich herum wollen so schnell wie möglich an die frische Luft oder in die entgegengesetzte Richtung, was genau dort, wo du dich befindest, einen Stau verursacht. Du wirst zwischen zwei Fahrgastströmen unterschiedlicher Stärke und Dichte hin und her gestoßen. Die ersten drängen im Rhythmus der Züge in Wellen hinaus, während die anderen in kleinerer Zahl, aber kontinuierlich hineinströmen. Ungeduld überkommt dich. Den Blick auf die Uhr geheftet, zählst du die Minuten. Es kommt nicht in Frage, ohne deine Visage auf Zelluloid wieder zu gehen. Du wirst sie nicht als Musterbild an die Wand geklebt oder wie ein benutztes Metroticket auf dem Boden zurücklassen. Du spitzt die Ohren und stellst dir deinen Avatar gefangen in einem gewaltigen Uhrwerk vor, mitgerissen von Zahnrädern, Kurbelstangen und Riemen, wie er Achten zwischen zwei Zylindern beschreibt, als wäre er Charlie Chaplin in *Moderne Zeiten*. Du wartest auf ein Klicken, das Geräusch einer Feder, das deine Erlösung ankündigt. Und plötzlich siehst du dich, Kopf voran, aus der Maschine dringen, wie Laub unter der Einwirkung des Gebläses zittern und vorsichtig ins Körbchen fallen.

ALS ICH DIE ersten Seiten durchblätterte, sah ich nichts als ein fröhliches Gesicht. Die Mundwinkel leicht hochgezogen und dazwischen die Zurschaustellung von Emaille. Das Lächeln war aufgesetzt, vergleichbar einem Gebiss, einer abnehmbaren Klappe, es hatte ein Eigenleben. Sein ovaler Stempel prägte das erste Foto und kehrte unermüdlich wieder, wie ein Motiv auf einem Stoff. Es haftete nicht so recht am Rest des Körpers. Eher glich es einem Schmuckstück, einem Collier, einer Art Heiterkeitskette, etwas, was man anlegen und wieder ablegen kann. Als könnte man es an den gepunkteten Linien ausschneiden und mit Gummibändern hinter den Ohren befestigen, wie einen Schutz.

Es war allgegenwärtig, strahlte aus der Mitte des Rahmens und lenkte die Aufmerksamkeit auf sich, ohne dabei Aufsehen zu erregen. Es war von einer steinernen Schwere, ohne Ausdruck. Es blieb stumm. Es war keine Lücke, auch kein Spalt, sondern ein volles Lächeln, ein hermetisches Lächeln, das nur ein Diamantfunkeln zurückwarf. Vergeblich suchte man darin eine Spur von Ironie, eine Leichtigkeit, ein Jubeln, den Ausdruck eines besonderen Gefühls, einen Anflug von Doppeldeutigkeit. Ein Lächeln spricht. Ein Lächeln ist vergänglich, es dauert nur einen Augenblick. Dieses da schien aus einem Block Kunstharz geformt. Es musste das Werk eines Kieferorthopäden sein. Solide und leuchtend mit Zehnjahresgarantie.

Entsprach es dem Anlass? Eine Kamera ist im Allgemeinen mit kollektiver Freude verbunden und entspannt die Muskeln. Hier erfolgte das Lächeln auf mechanischere Weise, ähnlich dem Apparat, der es aufgenommen hatte. Der Ort lud nicht zum Sich-Gehen-Lassen ein. Er animierte eher zu strammer Haltung. Wie soll man einem Roboter gegenüber natürlich bleiben? Kann man in einem Metallkasten lebendig und munter sein? Dieser Mimik aus der Konserve mangelte es an Frische, und unweigerlich wurde sie zur Grimasse, zum nervösen Tick.

Trotz ihrer Bedingtheit weckte diese Halbmaske meine Neugier. Sie bildete den Fixpunkt eines lebenden Bildes. Das Scharnier, um das sich alle anderen Elemente drehten: die Kopfhaltung, die Anordnung der Haare, die Kleidung, die Gesten der Hände. Lauter Glimmer, die sich unendlich neu bildeten wie bei einem sich um die eigene Achse drehenden Kaleidoskop. Der Eindruck war so stark, dass ich anfangs glaubte, ich hätte es nicht mit einem, sondern mehreren Individuen zu tun, ein jedes reduzierbar auf ein paar unveränderliche Attribute, und alle mit demselben maskenhaft verzerrten Lächeln versehen.

Der optische Effekt hielt einer aufmerksameren Prüfung nicht stand. Hinter dem Auftaktlächeln steckte nur eine einzige Person. Ein Unbekannter, reduziert auf seine Herme, ein Rumpfmensch mit einem Arm, eingesperrt in ein kleines Papierrechteck mit weißem Rand. Abzüge in Standardgröße: 3,5 Zentimeter breit, 4,5 Zentimeter hoch, das für einen Pass oder einen Führerschein vorgesehene Format. Was gibt es Alltäglicheres?

Das Ausweisfoto gehört zu den verbreitetsten Dingen der Welt. Administrative Überbleibsel, Spiegel einer verlorenen Jugend – wir alle besitzen ein paar aus dem Verkehr gezogene Exemplare davon, irgendwo tief in einer Schublade vergraben.

Betrachtet man diese vorschriftsmäßigen oder dazu erklärten Porträts einzeln, so sind sie offen gestanden nur von mäßigem Interesse. Bis auf wenige Ausnahmen provozieren sie keinen besonderen Kommentar. Das ist unvermeidlich. Ein Fotoautomat wirkt keine Wunder. Extrem vereinfachte Regeln der Bildaufnahme, Verwendung von Blitzlicht, das jede Tiefenwirkung auslöscht, um ein einheitliches Bild zu erhalten, mit vorgeschriebener Bildeinstellung und Entfernung. All diese aufeinanderfolgenden Gesichter waren in dieselbe monotone Form gebracht.

Mich verblüffte ihre Anzahl. Sie bildeten eine kompakte Masse, eine homogene Vielzahl, hervorgegangen aus Teilungsvermehrung derselben Matrix. In senkrechten Vierer- oder Fünfer-Streifen zogen sie hinter einem Zellophanfilm vorüber, gerade, unerschütterlich, wie eine Armee von Klonen. Sie waren aneinandergedrückt, eng auf durch die Jahre vergilbte kartonierte Blätter nebeneinandergeklebt und füllten ein ganzes Heft.

Mit seinem zwischen den Händen klebrigen Einband aus grünmarmoriertem Kunstleder, übersät mit kleinen schwärzlichen Runzeln ähnelte das Album einem alten Zauberbuch. Es war schwer, voluminös, völlig verstaubt und verströmte den Mief des Elends. Man erwartete, kabbalistische Zeichen darin zu entdecken oder okkulte Riten. Man stieß auf hunderte von *Selfies*. Genau gesagt auf dreihundertsiebenundsechzig Schwarz-Weiß- und zwei Farbbilder, alle oder fast alle in einem Fotoautomaten aufgenommen, wie es der immer selbe Rahmen, die starre Brennweite, das von vorn kommende Licht und der unvermeidliche Vorhang im Hintergrund bezeugten.

Dies hatte nichts von den disparaten Ensembles, die im Laufe der Jahre angehäuft werden, mit hier und da zusammengelesenen Erinnerungen, die man in ein und demselben Band vereint, weil sie ja irgendwo abgelegt werden müssen. Das Objekt, das ich zum ersten Mal sah, zeugte nicht von Zufall, Nostalgie oder Seltenheit, von sorgfältig bewahrten Augenblicken, sondern von Serienproduktion und maschineller Fertigung. Es trug Merkmale eines methodischen, gleichsam zwanghaften, unbegrenzten Projekts.

»Der Typ ist doch gaga, findest du nicht?«, warf mir die Filmproduzentin zu, als ich wieder aufblickte. Bei allem bekundete sie die gleiche Begeisterung. »Als ich das gesehen habe, also … – der totale Wahnsinn!« Aus Gewohnheit hatte sie mich sofort geduzt. Dieselben professionellen Reflexe brachten sie dazu, es mit Superlativen zu übertreiben und die Hälfte ihrer Sätze zu verschlucken. Als sie mich zum Mittagessen in einen vietnamesischen Imbiss gegenüber dem Büro ihrer *Les Copains d'abord* getauften Produktionsfirma einlud, hatte ich gerade meine Stelle verloren. Schon lange hoffte sie, etwas aus dem vier Jahre zuvor auf dem Flohmarkt gefundenen Album zu machen. Sie wollte es mir anvertrauen, damit ich den

Stoff für ein Filmexposé daraus ziehe. Sie schwankte zwischen Dokumentar- und Spielfilm, zwischen einer, wie sie sagte, »realistischen Schiene« und einer anderen, »verrückteren«, »durchgeknallteren«. Ihren Reden nach schien alles offen. Ich konnte meiner Phantasie freien Lauf lassen. »Und wenn aus dem Film nichts wird, kannst du immer noch ein Buch draus machen«, fügte sie hinzu, um mich zu überzeugen.

Sie sagte, sie sei fasziniert von dem jungen Mann und seiner seltsamen Manie, Bilder mit seinem Abbild anzuhäufen, die, endlosen Veränderungen und unendlichen Metamorphosen unterworfen, alle Möglichkeiten seines Wesens zu erkunden schienen. Er war eins und vielfältig zugleich. Er sammelte sich und andere. »Er ist Jemand und alle Welt zugleich«, wie die Produzentin ganz richtig bemerkte.

Er begnügte sich nicht damit, einen mit seinem Raubtierlächeln von vorn anzusehen. Auf Dauer schien er dieses »cheese« auf Kommando müde zu werden. Vielleicht ein Krampf der Gesichtsmuskeln? Zwischen zwei weißen Wänden zeigte er sein wie mit der Gartenschere geschnittenes Profil, meistens das rechte, zog die Lefzen auseinander und betrachtete die Decke oder vielleicht ein himmlisches Jenseits. Von übernatürlichem Licht angezogen, befand sein Gesicht sich plötzlich in Ekstase. Gelegentlich posierte er auch in Dreiviertelansicht, die Augen wieder erhoben, erfasst nicht von der Gnade, sondern von einem entschlossenen Optimismus, einer strahlenden Zukunft zugewandt, einem neuen Morgen, wie ein Kandidat auf einem Wahlplakat.

Ab der Hälfte der Sammlung schien er allmählich von Melancholie erfasst und stellte eine traurige Maske à la Buster Keaton zur Schau. Auf mehreren Seiten zeigte er sich phlegmatisch und umwölkt. In Gedanken versunken, schien er der Präsenz des Objektivs gegenüber gleichgültig, schloss die Lider, ließ sich hängen. Klick! Er tat, als sei er verkatert, mit halb geschlossenen Augen, hängenden Lippen. Klick! Hielt sich den Kopf, als würde er explodieren. Klick! Heuchelte Langeweile, indem er ein Gähnen unterdrückte. Klick! Rauchte eine Zigarette, die er deutlich sichtbar zwischen Mittel- und Zeigefinger hielt. Und fand dann seinen Schwung wieder und lachte schallend. Klick! Oder zeigte ein galligeres, höhnischeres Grinsen. Klick!

Erneut gab er den Hanswurst. Er spielte. Den jungen Liebhaber, den Ganoven, den vorbildlichen Angestellten, den Geheimagenten, dunkle Brille und grauer Anzug. Er schlüpfte in Rollen. Hier Elvis, pomadisiertes Haar, offenes Hemd mit Spitzkragen und einschmeichelnd verzogenem Gesicht, hier Rasputin, mit aufgerissenen Augen, wirrem Haar. Ein dem Irrenhaus entsprungener Prophet.

Jedes Mal war es eine andere Schnurre. Hatte da jemand von der anderen Seite des Vorhangs gerufen? Er spitzte das Ohr und formte, demonstrativ wie ein lauschender Pierrot, mit der Hand ein Hörrohr. Ein paar Seiten weiter dann die verliebten Augen eines Crooners, inszeniert wie im Pariser Studio Harcourt, Kinn auf dem Zeigefinger, Daumen an der Wange, Fliegeruhr am Handgelenk, rebellische Strähne, weit über die karierte Jacke geöffneter Hemdkragen. Er vollführte eine Pantomime. Er erzählte uns stumm. Wenn er den Mund so weit aufriss, dass er sich schier den Kiefer ausrenkte, hörte man fast, wie er ein Aaa! ausstieß, als sei er beim Arzt. Blatt für Blatt reihte er seine Nummern aneinander, mit einem abwechselnd befriedigten, komplizenhaften, erstaunten, spaßvogelhaften, spöttischen, unbestimmt schielenden, ernsten oder besessenen, fast verrückten, beinahe beängstigenden Gesicht.

Manchmal wirkte es, als machte er Werbung für einen Laden mit Haarteilen aller Art: ein sorgfältig gestutzter Hipsterbart, der üppige Vollbart eines alten Seebärs, mephistophelischer Spitzbart, Rockabilly-Koteletten, Bürsten- oder Pyramidalschnurrbart ... Er änderte die Haartracht fast ebenso häufig wie die Art der Kleidung. Er sah seinen Fotoautomaten als Anprobekabine, wechselte vom Anzug zu legerer Kleidung, zu einem hellen, weichen Lederblouson, einer Lammfelljacke, dem Ölzeug eines Matrosen oder einem Trevira-Rollkragenpullover, wie die *Compagnons de la chanson* ihn trugen. Auf Dauer muss er seinen gesamten Kleiderschrank ausgeschöpft haben. In regelmäßigen Abständen sah ich ihn mit denselben Kleidungsstücken auftauchen, im Rhythmus seiner Waschtage, wie ich vermute, seiner beruflichen Verpflichtungen oder ganz einfach seiner Vorlieben. Um ein wenig Abwechslung in die Sache zu bringen, erlaubte er sich hier und da eine kleine Laune: ein Seidentuch, ein Schal mit Schottenkaro, ein Satin-Disco-Hemd, eine geblümte Krawatte, ein wie ein Strampelanzug gestreiftes Unterhemd.

Auf das Vorsatzblatt hatte er geschrieben: »Album des Jahres 1973-1974«. Im Singular, als würde er sich auf ein Universitätsjahr oder einen mit einem Examen abzuschließenden Zyklus beziehen. Die Zeitangabe rief den Putsch von Pinochet in Erinnerung, das Ende des Vietnamkrieges, Ponchos aus Lamawolle, indische Kleider, Räucherstäbchen, die Tour Montparnasse oder die Filme von Pierre Richard. Und wenn sein Lächeln das eines Post-68er-Studenten war? Wenn es einer Epoche entsprach? Einem Befehl zum Glück? Einem Aufruf zu grenzenlosem Genuss? Und wenn das alles nichts als der Ausdruck einer hedonistischen, narzisstischen Jugend war? Das Symbol einer Unterhaltungsgesellschaft?

Seine Fotositzungen müssen sich über einen langen Zeitraum erstreckt haben. Man tauscht einen sorgfältig getrimmten Schnurrbart nicht mit einem Fingerschnips gegen einen dichten Vollbart. Seine unzähligen Haar- und Bartwechsel bezeugten das Vergehen der Zeit. Es war, als sähe man jemandem im Zeitraffer beim Altern in einer rostfreien Konserve zu. Beim Durchblättern seines Portfolios sah ich, wie seine Züge massiger wurden und sich die ersten Fältchen um die mandelförmigen Augen zeigten. Sein gesamtes Gesicht war in Bewegung, entwickelte sich ruckartig, wie bei einem Daumenkino für Kinder.

Ich hatte nicht mehr den lachenden Mann vor mir, sondern eine einsame und verletzliche Persönlichkeit. Er erschien mir wie ein Gefangener, der an sein eigenes Bild gefesselt ist. Seine Box war sein Panoptikum, sein Isolationstrakt, seine Taschenzelle. Im französischen *photomaton* steckt das Wort *maton*, der

Gefängnisaufseher. Ein Wärter für Gesichtsdelikte. Ein Satz von Guy Debord kam mir in den Sinn: »Je mehr er betrachtet, desto weniger lebt er.«

Man sucht sich eine Geschichte nicht aus. Sie drängt sich einem auf. Plötzlich springt sie los, ohne Vorwarnung, einfach so. Man vertreibt sie. Sie kommt zurück. Auf den ersten Blick betrifft sie einen nicht. Sie scheint sogar ziemlich weit von unseren Sorgen und Interessen entfernt, und doch trifft sie einen. Man versucht, zu verstehen warum, aber es gelingt einem nicht. Man weiß nicht, von welcher Seite man sie packen soll, bis zu dem Moment, wo man eine vertraute Note wahrnimmt, wie ein dumpfes Echo unserer eigenen inneren Musik, und langsam lässt man sich anstecken. Die Geschichte geht einem nicht aus dem Kopf, wie ein Ohrwurm. Man wird müde, sie immer wieder aufzuwärmen, aber es ist unmöglich, sich von ihr zu befreien. Allmählich beherrscht sie einen. Und jetzt gibt es nur noch eine einzige Möglichkeit, um sie loszuwerden: sie zu schreiben.

Aber selbst dort, vor dem Bildschirm, ist man nicht stärker Herr der Situation. Die Geschichte spielt einem Streiche, sie verwickelt einen, und manchmal verschlingt sie einen mit Haut und Haar. Ohne es zu wollen, gehört man dazu, wird man zu einer ihrer Figuren. Diese Geschichte begnügte sich nicht damit, mich heimzusuchen, sie begann, mich in eine lange Reihe von Prüfungen hineinzuziehen.

Am Anfang ging es nur um eine Schnitzeljagd, die Verfolgung eines Unbekannten, darum, sein Leben zu rekonstruieren oder, wo das nicht ging, es zu erfinden. Ein Album ist in seiner wortwörtlichen Bedeutung ein weißes Blatt. Man kann es füllen, womit man will.

Bei jedem unserer Treffen äußerte die Produzentin neue Mutmaßungen über ihn, den sie der Einfachheit halber »John Doe« nannte. An einem Tag war er »bekloppt«, am nächsten »schwul«, am dritten machte sie eine Art Fantomas aus ihm, eine im Verborgenen lebende, nicht zu greifende Person. Sie war überzeugt, sein Album verberge ein Geheimnis. Wegen eines auf der hinteren Innenseite des Umschlags eingeklebten, mit den Jahren verblassten Etiketts. Ein gelbliches Rechteck, dessen Aufschrift, in fetten Großbuchstaben verfasst, wie um ihre Wichtigkeit zu betonen, ich mehrmals las: »IM FALLE EINES UNFALLS BITTE KONTAKTIEREN: Israelisches Konsulat, 3 rue Rabelais, Paris 8e.«

Was suchte er mit seinem Scanner zu erkennen? Sich selbst? Irgendetwas in ihm? Eine in seinem tiefsten Inneren verborgene Wahrheit? Und was tat er, wenn er wieder aus ihm hinaustrat? Ging er nach Hause? Hatte er überhaupt eine Wohnung? Eine Frau? Kinder? Freunde? Einen Beruf? Oder lebte er nur für diese kurzen Momente in den Strahlen seiner Maschine? Wie viel Zeit ließ er zwischen zwei Sitzungen vergehen? Ein paar Tage? Mehrere Wochen? Wechselte er jedes Mal den Automaten, um seine Spuren zu verwischen, oder kehrte er immer wieder an denselben Ort zurück, aus Gewohnheit oder Fetischismus? Was für ein Gesicht machte er, wenn er wieder ins echte Leben zurückkehrte? Jenes, das er auf seinem weißen Streifen zur Schau trug? Zeigte er sein versteinertes Lächeln in der Menge oder behielt er es seinem Einwegspiegel vor? Da ich ihn nur in der Abschottung gesehen hatte, stellte ich ihn mir öffentlichkeitsscheu vor, schweigsam und zerstreut, als Träumer, eher der Betrachtung als der Aktion zugeneigt. Sicher zu Unrecht. Ich hatte keinerlei Gewissheit, was ihn betraf. Nur Fragen.

Wie sah er nach all diesen Jahren wohl aus? Ich hatte ihn nur auf seinem Drehhocker gesehen, in einer erstarrten Pose, sozusagen querschnittsgelähmt. Ich wusste nicht, ob er klein oder groß war, schmächtig oder dickbäuchig. Hätte ich ihn überhaupt erkennen können, wenn ich ihm zufällig auf der Straße begegnet wäre? Jede Personenbeschreibung hat ein Verfallsdatum, ab dem sie ihre Gültigkeit verliert. Zu allem Überfluss fehlte mir das Wesentliche: sein Blick, der nur im Austausch, in der Konfrontation mit jemand anderem erfasst werden kann, seine ihrem Wesen nach flüchtige Mimik, seine Art, sich zu halten, zu gehen, die Schwerfälligkeit oder Lebhaftigkeit seiner Gestik, die Modulation seiner Stimme, all das, wodurch er sich von seinen Mitmenschen unterschied, was nicht auf einer Platte festgehalten werden kann, so empfindlich sie auch sein mag, jenes unmerkliche Etwas, das bewirkte, dass er er war und nicht jemand anderes.

Lebte er noch? Das Schicksal seines grünen Hefts, die schlichte Tatsache, es in den Händen zu haben, verleitete leider dazu, das Gegenteil zu glauben. Ein derartiger Gegenstand, der den Körper, die Intimität berührt, landet nicht einfach so auf der

Stellage eines Trödlers. Man verstreut kleine Stücke seiner selbst selten in der Gegend, außer vielleicht, man will irgendetwas entkommen, in einer Art reflexhafter Selbstverstümmelung, so wie eine Eidechse ihren Schwanz abwirft.

Die Produzentin war in diese alten Fotos vernarrt, die ihr gelegentlich als Arbeitswerkzeuge dienten. Da sie so viele Erinnerungen von anderen sammelte, meist auf Märkten, über Trödler, die sie kannte, hatte sie eine Regel daraus abgeleitet, die den Vorteil bot, die heikle Frage des Rechts am eigenen Bild zu klären: »Wenn du so was findest, kannst du sicher sein, dass die Person verstorben ist«, sagte sie immer.

Ein herrenloses Album als Todesanzeige. Ich verstand nicht, warum ich solche Traurigkeit empfand bei dieser letztlich banalen Vorstellung, die einer sich der Vergangenheit widmenden Kunst inhärent ist. Auch wenn mir klar war, dass die Fotografie ihrem Wesen nach festhält, was nicht mehr ist, weigerte ich mich anzuerkennen, dass all diese Augen, diese kleinen Strahlen, die nach ihrer jahrzehntelangen Reise bis zu mir gedrungen waren, zu einem toten Stern gehören konnten.

Ich misstraue Bildern, Bildschirmen, allem, was als Hindernis zwischen mir und den anderen steht. Sprechanlagen schüchtern mich ein. Gitter verursachen mir Beklemmung. Heutzutage, da ein Glas billiger Wein, vor dem Spion eines Computers geschwenkt, den Aperitif unter Freunden ersetzt, verabscheue ich Filter und Barrieren mehr denn je. Ich habe auf diese erzwungene Virtualisierung der Welt nicht zu warten brauchen – ich war schon immer überzeugt, dass nichts eine

Begegnung ersetzt. Die Blinden haben recht. Wie sie glaube ich nur an die Berührung, an den Gehörsinn, den Atem, den Geruch, an Umarmungen. Der Rest ist nur Illusion. Ich schätze das Tête-à-tête, nicht das Vis-à-vis, diesen Abgrund zwischen Häuserfronten. Fenster zum Hof gebären nichts als Missverständnisse und Trugbilder.

Nichts Kälteres, Glatteres, Trügerischeres als ein standardisiertes, der Norm entsprechendes Bildnis. Kann man, von einem Oberkörper ausgehend, ein ganzes Leben rekonstruieren? Ich verfügte nur über ein Detail, eine Synekdoche. Ein Teil für ein Ganzes, vergleichbar einer Reliquie. Ich musste diesem Fragment zurückgeben, was es zu Beginn vermeintlich herstellen sollte: eine Identität.

Die würde ich nicht auf dem Flohmarkt finden. Mein Verkäufer, misstrauisch, ohne dabei aggressiv zu sein, immer auf dem Sprung, selbst wenn er nichts zu tun hatte, sträubte sich, die Herkunft seiner Ware preiszugeben. »Ich hab keine Zeit«, erklärte er mir jedes Mal, auch unter der Woche, als sein Stand am Rand des Gehsteigs menschenleer war. Mit den Händen in den Taschen und den gekrümmten Schultern wirkte er verschlossen wie eine Auster. »Ruf mich später an«, fügte er hinzu und deutete auf die Handynummer hinten auf seinem Lieferwagen. Seine Freundlichkeit beschränkte sich aufs Duzen. Meine Anrufe kamen immer im unpassenden Moment. »Ich kann jetzt nicht mit dir reden, ich bin grade bei Kunden«, antwortete er mit den immer selben Worten, was in seinem Mund bedeutete, dass er eine Wohnung auflöste.

Trödler geben nicht gern preis, wie sie zu ihrer Ware kommen. Wenn man sie über die Herkunft ihres Sammelsuriums fragt, greifen sie zu einem vagen Begriff, der es ihnen erspart, die Umstände genauer anzugeben, unter denen sie es erworben haben. Sie sagen, sie hätten es irgendwo »rausgezogen«, wie jemanden, den man aus der Klemme zieht. Woraus genau? Aus einer Rumpelkammer? Aus einem anderen Verkaufsstand? Einem Müllcontainer? Unmöglich, sich zu erinnern.

DA BIST DU also, ungebunden, reduziert auf deine Momentaufnahmen. Du bist nur noch ein Posten herrenloser Fotos. Ein Haufen anonymer Aufnahmen, die schnellschnell in eine Kiste oder einen Müllsack geworfen wurden. Du bist eins geworden mit deinem Buch aus einem anderen Jahrhundert. Deine Hülle erlaubt dir noch zu wirken, eine ganze Welt zu eröffnen, nicht nur eine Folge lebloser Gesichter zu sein. Deiner Haut aus Kunstleder beraubt, würdest du zerfallen.

Früher, wenn du in deiner verchromten Kabine saßest, hast du auf ein grelles plötzliches Licht gelauert. Du wartetest darauf, erhellt zu werden. Vielleicht über dich selbst. Du sammeltest Identitäten. Du wolltest jemand sein, oder aber sein wie jedermann. Du bist niemand mehr. Nur noch eine Silhouette. Ein Torso, ein Lächeln, Augen, unzählige Augen. Ein Feld voll erblühter Sonnenblumen. Eine lichtempfindliche Oberfläche, ein Papier-und-Gelatine-Tiger.

Als Ausschuss bestehst du fort. Um dich herum riecht es ranzig, alt, muffig. Alles löst sich auf. Neben dir Bedeutungsloses, Unförmiges, ein Haufen zusammengewürfelter Dinge, die nichts gemein haben als ihre Herkunft, Kram, der vielleicht wieder zu etwas dienen kann. Du bist zur *res nullius* erklärt worden, herren- und rechtlos. In diesen Haufen gemischt, bist du auf Gedeih und Verderb dem Erstbesten ausgeliefert.

Eines Sommermorgens tauchst du in einem einstigen Vorort von Paris wieder auf, auf einem halbmondförmigen Platz, den ein kleiner Glockenturm und eine Halle mit rotem Ziegeldach dominiert. Du bist an Bord eines schwankenden Lieferwagens der Marke Iveco hergekommen. Die Kraftprotze, die dich befördern, wahrscheinlich Bulgaren oder Rumänen, üben den Beruf des Trödlers aus, wie die blauen Buchstaben auf der weißen Rückseite ihres Fahrzeugs verraten: »Gewerbe- und Haushaltsauflösungen. Entrümpelungen aller Art.«

Noch ein paar Minuten lang bist du Teil eines Ganzen. Einer Gesamtheit von mehr oder weniger zusammenpassenden Elementen, die kurz zuvor noch das ausmachten, was man einen Hausrat nennt. Dinge, die ihren Platz hatten, eine Funktion erfüllten, eine Rolle spielten, so bedeutungslos diese auch gewesen sein mag. Kurz gesagt, sie bildeten ein Ensemble. Sie waren Orientierungspunkte im begrenzten Raum eines Schlaf- oder Wohnzimmers. Vielleicht stellten sie ein Kapital dar, eine verhandelbare Summe auf einer Verkaufsplattform im Internet, und hatten einen sentimentalen Wert. Man liebte sie weniger um ihrer selbst willen denn als Metaphern. Sie bargen Erinnerungen, drückten einen Geschmack, eine Lebensform, einen sozialen Status, einen Habitus aus. Selbst in einen Keller oder Speicher verbannt, blieben sie von einer Aura umgeben und gehörten zu einer vertrauten, beruhigenden Welt.

Und du? Wo hatte man dich platziert? Gut sichtbar in einem Regal? Flach ausgelegt, auf einem Verkaufstisch? Dem Blick aller ausgesetzt? Oder unter Zeitungsstapeln vergraben, verlegt in einer Abstellkammer wie die Erbschaft einer anderen

Epoche, einer abgeschlossenen Vergangenheit, die man lieber vergisst? Vielleicht fiel es dir schwer, zu dem zu stehen, was manche als eine narzisstische Übung ansehen könnten, als eine Art Onanie, ein etwas schuldhaftes, mit Festpreis und Zeitvorgabe versehenes Vergnügen, bereitgestellt durch einen Automaten, der auf der Straße anschafft.

Nach der ersten Sichtung auf dem Asphalt landest du auf der schäbigsten Seite des Flohmarkts, die allem vorbehalten ist, was sich so ansammelt, das heißt aller Art von Krempel. Berge von Klamotten neben Metallwaren, haufenweise zerfledderte Bücher neben Stapeln gebrauchter Schallplatten. Zwischen diesen Haufen flaniert eine überwiegend männliche Kundschaft, in fortgeschrittenem Alter und, soweit man das beurteilen kann, in prekären Verhältnissen lebend.

Das ist kein Markt, sondern ein Trichter, ein brodelndes Meer, ein riesiger Wirbel voller Lärm und Schaum. Widerstreitende Kräfte schleudern auf diese Klippen, was die Stadt nicht mehr will, was im Weg steht oder überquillt, was zerfällt. Einem Wattenmeer ähnlich füllt und leert er sich in festen Intervallen. Tagtäglich nimmt diese in einen Meeresfriedhof verwandelte Kreuzung neues Strandgut auf.

Um in dieses schwarze Loch zu geraten, musst du ein gewaltiges Ereignis durchgemacht haben, irgendeinen Sturm. Vielleicht einen Unfall.

Männer ziehen aus ihren in zweiter Reihe geparkten Kombis die Bruchstücke eines Lebens. Sie leeren den gesamten Inhalt einer Wohnung aufs Trottoir. Alles, was ein Mensch hat anhäufen können. Die Kleider, die er trug, und die, in die er nicht mehr reinpasste, die Matratze, auf der sich noch der Abdruck seines Körpers abzeichnet, die Bücher, die auf seinem Nachttisch lagen, und diejenigen, die er nie aufgeschlagen hat, die Champagnergläser, die er immer seltener herausnahm, denn mit der Zeit gibt es nicht mehr viele Anlässe zu feiern.

Die Entblößung ganzer Existenzen. Sobald sie die häusliche Atmosphäre verlassen, driften sie ab und landen auf diesem siebten Kontinent. Sie kreiseln, als würden sie vom Grund angesaugt, stoßen gegeneinander, bilden Schaumkronen, verhaken sich ineinander, verflechten sich ohne die geringste Logik außer der Reihenfolge ihrer Ankunft, wie der Plastikmüll, der sich, unter Einfluss der Erdrotation und der Meeresströmungen, schließlich mitten im Nordpazifik ballt.

Jetzt wartest du in deiner Kiste mit der Aufschrift »Kompletter Abverkauf. Alles für einen Euro«. Du liegst neben schmutzigen Tellern, abgenutzten Geräten aus den Anfängen der Mobiltelefonie, rostigem Silberzeug, angeschlagenen Schalen, jungfräulichen Heften, kartonierten Mappen. Nichts als Ramsch, um nicht zu sagen Müll. Ein unbestimmter Haufen, der der Mülldeponie oder der Verbrennung entgangen ist. Keinerlei Sortierung. Alles wird zum selben Preis verkauft. So gibt's keine Neider. Eine lächerliche Summe, die jedes Feilschen ausschließt. Du sollst so schnell wie möglich abgesetzt werden.

Der Mann, der über deinen u-förmigen Stand wacht, erfasst die Dinge aus der Höhe. Er arbeitet in großem Stil, denkt in Tonnen und Quadratmetern. Er regiert weniger ein Lager als einen beständigen Fluss, einen nach Umfang und Geschwindigkeit bemessenen Strom. Er ist eine Persönlichkeit auf dem Markt, trägt Tweedmütze und einen graumelierten Bart und passt sommers wie winters auf. Er besetzt immer denselben Platz, gleich weit entfernt von der Straße und dem ehemaligen Zollgebäude.

Er lebt sowohl vom Sperrmüll wie vom Trödel. Seine Dienste bietet er trauernden Familien an, in Scheidung lebenden Paaren, Unternehmern, die Konkurs gegangen sind, fast immer betrübte Leute, die gezwungen sind, in mehr oder weniger kurzer Zeit reinen Tisch zu machen. Seine Tätigkeit besteht darin, Leere zu schaffen. Er stellt Leerstand her, unbesetzten Raum, der wieder in Besitz genommen, verkauft, vermietet oder für andere Nutzung bestimmt werden kann. Mit Hilfe seiner kräftigen Arme eliminiert, beseitigt, entreißt, dreht und wendet er methodisch, ihm entgeht kein Raum, keine Fläche. Wie ein eiliger Tatortreiniger tilgt er in wenigen Stunden jede menschliche Spur.

Man schimpft ihn Aasgeier, weil er das Unglück anderer ausbeute, dabei ist er in Wirklichkeit ein Retter, ein Erlöser. Er nimmt, was verworfen, verbannt, zur Auflösung und zum Tod verurteilt ist, ganz wie man eine Seele erlöst. Er verleiht Altem, Überholtem, Versifftem und Kaputtem wieder Bedeutung. Auf seinen Auslagen haben die Dinge, in welchem Zustand auch immer, eine zweite Chance.

Mit deinem brüchigen Leder und deiner Sammlung von Masken hättest du es verdient, zwischen den afrikanischen Statuen zu thronen, die in der Mitte des Platzes postiert sind. Auch du bist von einem Geist bewohnt, vielleicht stärker noch als jene Fetische, die mit Nussbeize künstlich älter gemacht wurden – wenn sie ihre Schwärze nicht dem Rost eines Kamins in der Banlieue zu verdanken haben.

Dein neuer Besitzer hat dich nicht ausgesucht. Er hat dich zufällig erhalten, als Beigabe einer Fracht. Was deine Originalität ausmacht, was dich von der Masse unterscheidet, interessiert ihn wenig. Er ist nicht hinter dem Ungewöhnlichen her, dem gewissen Etwas, das einen Sammler oder Antiquitätenhändler verführen könnte. In seiner Branche steht er am Anfang der Kette, bei den Grossisten. Er überlässt es anderen, in seinem Zeug die seltene Perle zu finden oder das unscheinbare Ding, das in einem anderen Kontext, meist als Ergänzung einer Serie, plötzlich einen Wert gewinnen kann.

Er kennt sie gut, die Trödler auf der Suche nach dem guten Geschäft, dem Glücksfall, dem versteckten Schatz, all diese halb heimlichen Käufer, die sich für schlauer halten als die anderen, als wären sie die Einzigen, die den inneren Wert der Dinge beurteilen könnten, einer Ware, die ohne ihn für das Nichts prädestiniert wäre, aber, aus dem Schlick gezogen, in seinen Händen fast ex nihilo erschaffen wird. Im Morgengrauen, wenn die ordnungsgemäß im Handelsregister eingetragenen Profis, zu denen er gehört, ihre Ware ausladen, sieht er sie anrücken mit suchendem Blick, und zuweilen die Ellenbogen ausfahren, um die Ersten zu sein. Er erkennt sie an der

Art, wie sie den Nippes anfassen und in der Hand wiegen, ihn mit den Fingern streicheln und wenden, in der Hoffnung, einen Stempel oder eine Signatur zu entdecken.

Schau! Da haben wir gerade einen. Noch ein Flohmarktjäger, Trödelmarkt- und Auktionshausparasit. Was er sucht, sind tote Erinnerungen, Spuren, die man zurücklässt, zugleich persönliche und allgemeingültige Erinnerungsstücke. Besonders schielt er nach Familienalben, der Anonymität zurückgegebenen privaten Aufnahmen, die auf niemanden mehr verweisen und jedem gehören könnten. Bilder von meist dürftiger Ästhetik und voller Klischees. Schnappschüsse von glücklichen Augenblicken, zugleich einmalig und gewöhnlich, fast austauschbar. Die Reise nach Venedig, die Taufe des Kleinen, das Auspacken der Weihnachtsgeschenke, das Grillen im Garten. Jedem Ritual seine Postkarte.

Zwangsläufig erregst du seine Aufmerksamkeit. Die tannengrüne Farbe fängt den Blick, selbst wenn sie ganz unten in einer Kiste liegt. Der Typ bleibt stehen, schlägt die erste Seite auf, will sich einen Eindruck verschaffen und entdeckt die Aneinanderreihung deiner mehreren hundert Gesichter. In diesem Fall kein Essen bei Kerzenschein, keine Gondelfahrt, kein Sonnenuntergang und kein heißer Sand. Passfotos, warum nicht? Zumindest mal was anderes. Er unterdrückt wahrscheinlich seine Verwunderung und beeilt sich, den geforderten Preis zu bezahlen. Es war richtig von dir, dich sichtbar zu machen, dich zu verkleiden oder selbst zu ergründen, dich durch dieses Spiegeltheater neu zu erfinden. Du wolltest dich verlängern. Ist geschafft. Du beginnst ein x-tes Leben.

ICH STARTETE NICHT bei null. Ganz im Gegenteil sogar. Ich rang mit dem unendlich Vielen. Der Mann, den ich suchte, agierte durch Anhäufung. Er errichtete Berge. Statt der Nachwelt ein unbeschriebenes Blatt zu übergeben, hinterließ er ein unentwirrbares Durcheinander. Nicht die kleinste Leerstelle. Auf jedem Blatt eine Anhäufung, als verströme er seine eigene Überfülle. Er vervielfachte die Hinweise oder auch Fallstricke, künftige Generationen in die Irre führende Trompe-l'Œils. Wer weiß? Er überschüttete seine unwahrscheinlichen Leser mit auf den ersten Blick unbedeutenden Details, die zusammengesetzt ein riesiges Puzzle zu bilden schienen.

Da ich nicht zu seiner Identität vordringen konnte, zu jenem Etwas, das ihn von allen anderen unterschied, glaubte ich, ein Stückchen seines Zivilstands in Händen zu halten. Am Anfang und am Ende des Albums klebten auf Vor- und Nachsatzblatt große, rechteckige Etiketten, ähnlich denen, mit denen früher Schiffskoffer vollgeklebt waren. Ein Name und Vorname wiederholten sich immer wieder: B'chiri Jacob. In dieser Reihenfolge. Gefolgt von jeweils unterschiedlichen Adressen.

»B'chiri Jacob c/o Casa Gizzi, via R. Cadorna 29, Roma (Italien)«. »B'chiri Jacob c/o Kaufmann Lutz, Inn. Margarethenstr. 22, 4051 Basel (Schweiz)«, »B'chiri Jacob c/o Pillet Jean,

24, Saint Nizier, Quincié-en-Beaujolais, 69 (Frankreich).« Und so weiter. Den Mann hielt es nicht an einem Ort.

Der Unbekannte setzte überall seinen Namen hin, als nähme er seine künftige Anonymität vorweg. Bis zum Gehtnichtmehr schrieb er ihn auf jede Vignette, ohne je den Apostroph zwischen dem ersten und dem zweiten Buchstaben seines Nachnamens wegzulassen. In der folgenden Zeile vertraute er ihn mit einem diskreten »c/o« der Obhut seiner jeweiligen Gastgeber an. Wie ein Paket. Eine, wie man ahnt, sperrige und schwer zu tragende Last, zudem zerbrechlich und mit Wachsamkeit und Vorsicht zu behandeln. Denn offenbar war es dieser Name, dieses Gepäck und Etikett, das an jedem von uns klebt, den er mit seinen mehrdeutigen Selbstporträts und seinen erratischen Reisen befragte.

Der seine klang jüdisch-arabisch. Im Internet gab es einen Yacoub Bchiri, geschrieben ohne Auslassungszeichen. Auf einer Website namens harissa.com fand sich eine eindringliche Würdigung dieses »wohlbekannten« Mitglieds der jüdischen Gemeinde Tunesiens. Vorsänger und Lautenspieler in einer Person, gehörte er zu jenen, die alljährlich die große Pilgerfahrt zur Ghriba leiteten, der Synagoge von Djerba. In der übrigen Zeit sang er bis zu seinem Tod 2008 auf jüdischen wie muslimischen Hochzeiten. Er war ein Spaßmacher auf Festen, eher ein Komiker, der sich über gewisse Aspekte des Ehelebens lustig machte, wie der Titel eines seiner größten Erfolge, jedenfalls der am häufigsten zitierte, nahelegt: »Welch armer Mann, dessen Frau unhöflich ist.«

Das konnte nicht dieselbe Person sein. Außer der Tatsache, dass er seine Insel offenbar nie verlassen hatte und seine Ehre daransetzte, in der Öffentlichkeit die traditionelle tunesische Kleidung zu tragen – auf den wenigen verfügbaren Videos trägt er stets Weste und Pluderhose und hat eine Chechia aus roter Wolle auf dem Kopf –, zeigte der Sänger aus Djerba nur eine sehr vage Ähnlichkeit mit dem Fotoautomatenabonnenten und musste auch sehr viel älter gewesen sein als er (mindestens dreißig Jahre).

Der mit dem kostbaren Apostroph versehene Namensvetter dagegen hatte keinerlei Spuren im digitalen Gedächtnis des Planeten hinterlassen. Das wunderte mich kaum bei einem Mann, der die Gegenwart, die Momentaufnahme, das Flüchtige zu kultivieren schien. Geschäftig wie der weiße Hase von *Alice im Wunderland* konnte er nicht länger stillhalten als die vier Minuten, die ihm sein Automat aufzwang. Wo immer er auch hinging, war er lediglich auf Durchreise.

Ein Vorname ist die Vorstufe eines Schicksals. Er hieß wie der Sohn von Isaak und Rebekka, wie der dritte Patriarch, derjenige, der in der Bibel aus den mütterlichen Eingeweiden hervorkam, indem er sich an die Ferse seines Zwillings Esau klammerte. Jakob ist das Neugeborene, das nicht erwartet wird. Er verkörpert einen Eindringling, einen Illegalen, ein Schlitzohr, einen Usurpator, der zu einer List greift, um den Bruder zu verdrängen und ihm für ein Linsengericht sein Erstgeburtsrecht zu rauben. Er symbolisiert auch Flucht und Exil. Sein Traum vom Ausbrechen wird zur Leiter, die bis zum Himmel reicht. Marc Chagall hat ihn auf mehreren Bildern als ewigen Juden gemalt, mit einem Sack auf dem Rücken, einem Weltensack, der alles enthält, was ihn ausmacht, sein ganzes Erbe.

Auch er kam nie zweimal an denselben Ort. Er zog ständig um, lernte neue Menschen kennen, wechselte das Viertel, die Stadt, das Land. Sobald er sich bei jemandem aufhielt, notierte er sorgfältig mit blauer Tinte das Datum, oben rechts, in einer eifrigen, fast kindlichen Schrift. Manchmal fügte er eine Telefonnummer oder einen Beruf hinzu. Zuweilen hielt er sogar das Stockwerk oder die Hausnummer fest. Sein Fotoalbum war sein Reisetagebuch. Er verzeichnete darin alle Personen und Institutionen, die ihn zwischen 1970 und 1974 aufgenommen hatten.

Man konnte ihm folgen, seinen Weg mit der Genauigkeit eines GPS rekonstruieren.

Als er am 15. September 1970 in Rom ankommt, steigt er in der Casa Gizzi in der Via Raffaele Cadorna 29 im Quirinal-Viertel ab. Am 24. September überquert er die Alpen und übernachtet in einer Herberge im höher gelegenen Teil von Basel, Kaufmann Lutz, Inn. Margarethenstraße 22. Am 5. Oktober kurzer Halt in einem Dorf im Beaujolais, wo er einen gewissen Jean Pillet trifft. Er setzt seinen Weg nach Süden fort, fährt das Rhônetal hinab und trifft am 1. November bei Benjamin Lombroso ein, der am Cours Gouffé 50 in Marseille wohnt. Danach Rückkehr in die Schweiz, Rue de la Colline 16, Genf, zu einem gewissen Charles-Michel Vogt. Nicht lange. Vier Tage darauf ist er wieder in Marseille. Ein längerer Aufenthalt diesmal, Zeit, die Gastfreundschaft von zwei Claudes zu genießen, mit Nachnamen Guetta und Saada, in der Rue Sylvabelle 99, und die von Aimée und Elie Illous in der Rue Madon 11.

Im April 1971 verzeichnet er seine Anwesenheit in der Rue Mouraud 46–48, im 20. Arrondissement von Paris. Dort empfängt ihn eine ganze Familie: Jasmine, Dany, Gaëlle, Goussa und Lala Bittan. Im selben Monat besucht er Jocelyne Balouka in der Rue des Écoles 68, Gebäude Nr. 3 in Aubervilliers, und davor oder danach begrüßt er Jean-Claude Audigier, Rue de la Quarantaine 2bis in Lyon. Im August desselben Jahres wieder ein Abstecher in die Schweiz, die ihn ganz offensichtlich lockt. Er wohnt bei einem Herrn Benno Speishandler in Sankt Gallen, in der Nähe des Bodensees. Dann? Acht Monate lang nichts. Bleibt er diese ganze Zeit im Land der Alemannen? Unmöglich zu sagen. Am 17. April 1972 taucht er in der Wohnung von Nissim und Rina Lhaik wieder auf, Avenue Jules-Crosnier 20 in Genf. Als diese endlose helvetische Parenthese sich schließt, fährt er wieder nach Marseille und rührt sich bis zum folgenden Herbst nicht mehr weg.

Auf den ersten Blick entsprach dieser Weg keinerlei geographischen Logik. Keine gerade Linie, lauter Kreise. Unser Backpacker kehrte ständig wieder um. Er schien seinen Weg zu suchen. Er schweifte ab, bewegte sich ohne offenkundiges Ziel fort, nahm sich Zeit. Seine Grand Tour, die eher einem Herumstreunen, einem Spaziergang glich als einer ewigen Wanderschaft, umfasste vierundzwanzig Etappen in dreieinhalb Jahren. Ein Aufbruch alle sieben Wochen also.

Dieser Wohnsitzlose war nie allein. Er wohnte manchmal im Hotel, meistens bei Privatpersonen. Mit einer Ausnahme.

Am 14. September 1972 erwähnte er niemand außer sich selbst. Er befand sich weit entfernt von seinen üblichen Rundreisen, tausende Kilometer von Europa entfernt. »B'CHIRI JACOB 109/1 KIRYAT CHARÊT, RAANANA (ISRAEL)«, hatte er mit besonderer Sorgfalt geschrieben. Diesmal kein »*care of*«, kein Hinweis auf einen Dritten, als wäre diese Adresse in Großbuchstaben die seine. War er womöglich ganz einfach nach Hause zurückgekehrt? Ich konnte mir nicht recht vorstellen, dass er als Tourist in Ra'anana war, einem friedlichen Fleck im Nordosten von Tel-Aviv, das in den Reiseführern kaum erwähnt wird, so bar jeder Sehenswürdigkeit ist es. Kam er, um mit der Familie Jom Kippur zu feiern? Ich prüfte es schnell in einem Kalender nach. Das Versöhnungsfest fiel in diesem Jahr auf Montag, den 18. September. Ja, das passte.

Was auch immer die Gründe für seine Reise nach Ra'anana waren, wieder bleibt er nicht lange. Elf Tage später ist er wieder im Hafen von Marseille. »Liegeplatz 25 – Zim comp.«, notiert er. Höchstwahrscheinlich verließ er in La Joliette ein Passagierschiff der Zim Lines, der israelischen Schifffahrtslinie, die nach dem Krieg heimlich Überlebende der Shoah nach Palästina brachte, wie etwa die *Exodus*, die im Hafen von Sète in See stach, ein Viertel Jahrhundert zuvor. Alles lässt vermuten, dass Jacob B'chiri gerade die umgekehrte Fahrt hinter sich gebracht hat.

Noch eine Spur, die zu erforschen ist. Welche Verbindung hatte er zu Israel? Wenn er auch kein Einwohner war, so muss er doch die Staatsangehörigkeit besessen haben. Warum sonst die wiederholte Aufforderung, »im Falle eines Unfalls« das Konsulat in der Rue Rabelais zu benachrichtigen? Ganz offensichtlich nahm der jüdische Staat einen wichtigen Platz in seinem Leben ein. Er rechnet mit dessen Schutz, überquert das Mittelmeer an Bord eines seiner Schiffe und benutzt auch seine Flugzeuge. Woher ich das weiß? Von den Etiketten. Er benutzt immer dieselben orangegeränderten Aufkleber mit dem Logo von El-Al, der israelischen Fluggesellschaft. Diese andere große staatliche Transportgesellschaft muss ihm die Selbstklebeetiketten vor jedem Flug zur Verfügung gestellt haben. War er ein treuer Kunde? Teil ihres Personals?

Jedes Mal, wenn ich sein Heft öffnete, glaubte ich, darin etwas Neues zu entdecken. Manchmal hatte er Lust, sich mit einer Kopfbedeckung zu zeigen. Mitten auf einer Seite tauchte er mit einer Kapuze auf, mit einem Motorradhelm oder einer Mütze, die der unseres Musikers aus Djerba ziemlich ähnlich war. Ich sah darin bloß Koketterie oder einen Witz, dabei leistete er mir damit vielleicht eine Hilfestellung. Gab mir Schlüssel zur Erklärung in die Hand. Das ist das Problem mit derlei Nachforschungen: Man neigt dazu, den kleinsten Elementen Bedeutung zu verleihen. Alles erhält einen Sinn, einschließlich der winzigsten Details.

Auf einem seiner letzten Fotos protzte er außer mit seinem kleinkarierten Blazer, zu dem er bemüht ein gestreiftes Hemd trug, mit einer Schirmmütze, die ich zuerst für eine – weitere – Verkleidung hielt. In Verbindung mit seiner Zivilkleidung ließ sie ihn wie einen beschwipsten Piloten oder Postangestellten aussehen. Ein vergoldetes, wahrscheinlich kupfernes Abzeichen schmückte seine Kopfbedeckung. Da ich über kein Instrument zur Vergrößerung verfügte, musste ich mich mit einem dicken Glas als Lupe bewaffnen. Ich erkannte ein doppeltes Eichenblatt, möglicherweise auch einen Lorbeerkranz, und in der Mitte einen sechszackigen Stern.

Das erinnerte mich an ein anderes Foto des Albums, sepiafarben und mit gezacktem Rand, was für die Arbeit eines Profis sprach, nicht die eines Automaten. Es muss in einem Studio aufgenommen worden sein. Jacob B'chiri wirkte darauf ein paar Jahre jünger. Seine Haltung, mit dem pausbäckigen, fast runden Gesicht, gebändigten Haaren, geschlossenen Lippen und einem verlorenen Blick in die Ferne, wirkte steifer als gewöhnlich. Er trug ein grobes sandfarbenes Hemd. Über der rechten Brusttasche war eine Spange aufgenäht. Und an seinen Epauletten hing wieder der Davidstern, umgeben von einem Kreis. Ich erkannte die Uniform der israelischen Armee.

Ich hielt ihn für einen Schauspieler, einen Künstler, einen Kontemplativen, einen sanften Träumer. Und fand mich vor einem Soldaten.

Und was sollte man über seine Entkleidungssession denken? Die einzige, wo er nicht sein Gesicht, sondern den Bauchnabel zeigt. Er steht, hinter seinem gefältelten Vorhang, die Hose aufgeknöpft, die Jacke offen und der Bauch frei. Mit der linken Hand zieht er das Hemd hoch, mit der Rechten am Gummi seines Slips mit Eingriff. Seine Finger zeigen auf eine breite Narbe am Unterleib. Handelt es sich um eine Kriegswunde oder, prosaischer, um die Spuren einer Blinddarmoperation? Und warum ein solches Spektakel an einem öffentlichen Ort, wo er Gefahr läuft, wegen Exhibitionismus belangt zu werden?

Eine weitere erstaunliche Szene: Ausnahmsweise ist Jacob B'chiri einmal nicht allein. Er posiert mit einem anderen jungen Mann, der ihm seltsam ähnlich sieht. Fast sein Doppelgänger. Der gleiche längliche Kopf, die gleiche hohe Stirn, die gleiche Adlernase, die gleiche leicht getönte Brille. Sie sitzen nebeneinander in perfekter Symmetrie, beide gleich gekleidet und frisiert, wie zwei Brüder, die ihr Auftreten als Zwillinge oder als Doubles kultivieren, bereit, sich zu verwandeln, den Platz des anderen einzunehmen. Wie in gründliche Vorbereitungen vertieft, blickt das Duo in etwas, das eine Straßenkarte zu sein scheint.

Sein Album enthielt noch eine zweite Gruppenaufnahme, auf der er, wie erwartet, wieder den ganzen Platz einnahm. Mit nach vorn gerecktem Kopf zeigte er hier sein marmornes Lächeln direkt vor dem Auslöser und verbarg demonstrativ zwei andere Individuen, die sich hinten in der Kabine zusammendrängten, Brillenträger, von denen man hinter seinen verstrubbelten Haaren nur ein einzelnes Brillenglas und die Ecke eines Gesichts sah. Indem er den ganzen Platz für sich beanspruchte, ihn mit seiner Silhouette ausfüllte, vermittelte Jacob B'chiri eine deutliche Botschaft – aber wem? In dem Gespann, das er an diesem Tag bildete, war er der Chef.

Die über sein Album verstreuten Kieselsteinchen führten mich in eine andere Richtung. Multiple Identitäten, ausgesprochene Freude an der Verkleidung, mehr oder weniger maskierte Komplizen, das Fehlen von Spuren im Internet, als wären sie absichtlich gelöscht worden, ein Schwarm von Strohmännern, ständige Adressänderungen, lauter mögliche Verstecke, ein Leben als Globetrotter, häufige Hin- und Rückreisen in die Schweiz, das Paradies für Geheimnisse, ein von Geheimagenten aller Art geschätztes neutrales Gelände. Zu dieser schon langen Liste kamen noch die Militär-, vielleicht sogar Kriegsvergangenheit – eine von seltsamen Narben im Gesicht und auf dem Bauch genährte Hypothese –, Aktivitäten unbestimmter Art, mutmaßlich Erfahrung im sensiblen Bereich der Luftfahrt, ein von der Angst vor einem unerwarteten, vielleicht verhängnisvollen Ereignis geprägtes Leben, enge Verbindungen zu Israel, einem Land, das besonders in jenen Jahren Ziel von Flugzeugentführungen und Bombenanschlägen war … Als ich all dieses Belastungsmaterial aufzählte, hatte ich das Gefühl, eine Verweisungsverfügung zu verfassen. Das Nichts, das ihn umgab, schien plötzlich gewollt. Ein klug ins Werk gesetztes Manöver. War der Blitzlichtstammgast ein Mann des Schattens? Ein Individuum mit hundert Gesichtern, also keinem?

Die Idee gefiel der Produzentin. Sie wollte aus Jacob B'chiri unbedingt einen Spion machen. »Der Typ muss für den Mossad gearbeitet haben!«, rief sie genüsslich, sobald er auf einer beliebigen Seite mit seiner Ray-Ban auftauchte. Sie war bereit, ihm jede Art von Heldentaten zuzuschreiben. Die Periode, die er auf seine Weise in Serie setzte, eignete sich so gut dafür.

Zu Beginn der 70er Jahre bewegte er sich auf dem neuen Schlachtfeld der bewaffneten palästinensischen Gruppen. In Italien, der Schweiz, in Frankreich kreuzten sich seine Schritte mit denen von Luftpiraten, Bombenlegern, Geiselnehmern. Er hätte einer der Rächer der elf israelischen Athleten sein können, die im September 1972 bei den Olympischen Spielen in München ermordet worden waren. Ein Killer, angesetzt auf die Auftraggeber des Massakers. Oder aber dank seines eher orientalischen Aussehens und seiner unbestreitbaren Talente als Schauspieler und Maskenbildner ein verdeckter Ermittler, ein Maulwurf.

Er war weit davon entfernt, Verdächtigungen zu entkräften – er verstärkte sie. Er spielte damit. Es machte ihm Spaß, den perfekten Geheimagenten zu mimen. Und natürlich einen, der von seinem nächsten Auftrag – wenn er ihn denn annimmt – an einem höchst harmlosen Ort erfährt, in einem Fotoautomaten zum Beispiel, indem er auf die Taste eines kleinen versteckten Tonbands drückt. Seitenscheitel, die Augen hinter den obligatorischen schwarzen Gläsern verborgen, eng geschnittener Flanellanzug mit zwei Knöpfen, schmalem Revers und leicht abgeschrägter Tasche und dazu eine schmale anthrazitgraue oder königsblaue Krawatte. Man bekam Lust, ihm »Viel Glück, Jack!« zuzurufen. Auf anderen Bildchen schien er dagegen einen der bekanntesten Terroristen der Epoche nachzuahmen, Ilich Ramírez Sánchez, genannt Carlos, mit dem dichten Schnurrbart südamerikanischer Guerilleros, großer Sonnenbrille mit ovalen Gläsern und sportlichen breiten Schultern. Der zufriedene Ausdruck, der wie gewöhnlich auf seinem Gesicht lag, wirkte diesmal fast drohend.

»Findest du nicht, dass er auch ein bisschen was von Mike Brant hat?«, fragte die Produzentin bei einem unserer ersten Treffen.

Dem Sänger?

Angesichts meiner Ratlosigkeit insistierte sie und erinnerte an den tragischen Tod des Stars mit der goldenen Stimme ungefähr zur selben Zeit. »Vielleicht gibt's da was auszugraben«, sagte sie. Ein israelischer Schnulzensänger auf dem Gipfel seines Ruhms, der unter merkwürdigen Umständen zu Tode kommt, durch einen Sprung aus dem Fenster seiner Pariser Wohnung, ein auf sein Image reduzierter Mann, vom Starsystem oder anderen, schändlicheren Anlässen in den Selbstmord getrieben, ein Hauch von Skandal, von Geheimnis. Sie malte sich einen in den *Seventies* verankerten Film aus, eine Mischung aus Schlaghosen, langen Haaren, psychedelischer Szenerie, Popmusik und Geheimaktionen. *Rocky Jacob* sozusagen. Alles, um eine zwar nicht langweilige, aber doch an Entwicklungen arme Geschichte zu würzen. Schwierig, in einer Metallkiste Spannung aufzubauen.

Würde da ein Offizier des Nachrichtendienstes durch sein Fotoalbum enttarnt? Von diesem Gedanken ausgehend kann man sich alles Mögliche vorstellen. Da ist Jacob B'chiri, ein ehrenwerter Berichterstatter, der sich größere Bekanntheit wünscht und dem nichts Besseres einfällt, als seine Verstecke und sukzessiven Identitäten zu notieren. Sein grünes Buch in Gestalt einer Beichte wäre sein Kriegstagebuch, sein Büro der Legenden das Äquivalent des Raums, wo Bruce Wayne zu Batman wird. Mal sehen, welchen Latexanzug ziehe ich heute Nacht an? Oder aber ein Kriegerdenkmal. Der Spion, der sich liebte, soll zu seinem Ruhm hunderte von Büsten aufgestellt haben.

Endlich sprang der Teufel aus seiner Kiste. Er mauserte sich zu einem modernen Helden, passte in die Regeln einer Fernsehserie, war zugleich stark und verletzlich, auf ein Ziel ausgerichtet und mit unüberwindlichen Hindernissen konfrontiert, in der Auseinandersetzung mit einem unsichtbaren Feind und vor allem mit sich selbst. Wie könnte man den Bruch in dieser Persönlichkeit nicht erkennen? Hinter seiner zwanghaften Freude spürte man Verstörung. Sein Überfluss in allem verriet einen Mangel. Seine Manie, seinen Namen und sein Gesicht zu sammeln, erzeugte ein merkwürdiges Gefühl von Abwesenheit.

Es muss Winter gewesen sein. Die Brille war in die Stirn geschoben, er hatte die Lammfelljacke und einen dicken beigen Rollkragenpullover an. In einem Akt von Selbstreferentialität – dem x-ten (jedes seiner Porträts war schon ein Werk im Werk) – schwenkte er quasi direkt vor seiner Nase das Passfoto eines Mannes, der einen Kaftan mit rundem Kragen und ein bis zum Hals zugeknöpftes weißes Hemd trug. Diesmal lächelte Jacob B'chiri nicht. Ich hatte den merkwürdigen Eindruck, dass er mich um etwas bat. Es war, als reklamierte er eine Bindung, eine Verwandtschaft mit jenem Phantom, das aus den Tiefen der Vergangenheit auferstanden war, und riefe mich zum Zeugen an, indem er sagte: »Schau uns an!«

DA DU DICH kennst, zumindest ein bisschen besser, zögerst du, dein Zimmer zu verlassen. Du wohnst erst einige Stunden dort, und schon ist es ein Teil von dir. Wenn du könntest, würdest du es wie eine Schildkröte ihren Panzer auf deinem Rücken transportieren. Du suchst deine auf dem ungemachten Bett herumliegenden Sachen zusammen, setzt vor dem Spiegel über dem Waschbecken ein fröhliches Gesicht auf und durchquerst die Eingangshalle, ohne gesehen zu werden. Du hast den Schlüssel behalten. In deiner Neigung, dir jeden Ort anzueignen, an dem du deine Zelte aufschlägst, hast du ihn lieber bei dir, außerdem gibt es niemanden, dem du ihn aushändigen, noch irgendein Schlüsselbrett, an dem du ihn aufhängen könntest. Die Unterkünfte in der Casa Gizzi haben eher etwas von möblierten Wohnungen als von einem Hotel. Der Komfort ist bescheiden. Keine Klimaanlage, kein Fernseher. Der Ort ist dir wegen seiner Ruhe und Diskretion empfohlen worden und wegen der Lage am Fuß des Quirinalhügels, dem Herzen des italienischen Staats. Zudem verfügt das schöne, massige, ockerrotfarbene Eckgebäude über zwei getrennte Eingänge, was sich als sehr nützlich erweisen kann.

Du verlässt es durch die Hintertür zur Via Raffaele Cardona, eine schmale steinerne Verkehrsader mit gleichförmigen Fassaden. Du schlängelst dich zwischen zwei schräg parkenden Autos hindurch. Deine Schritte hallen auf dem Pflaster wider.

Gegenüber siehst du eine Trattoria mit heruntergelassenem Eisengitter und einen Palazzo in mittelalterlichem Stil mit doppelten Spitzbogenfenstern, der als Schauplatz für ein fellinisches Fest dienen könnte. Du zweigst rechts oder links ab, was einerlei ist, denn beide Wege treffen sich nach der Trennung wieder und bilden eine Raute um eine von Pinien und Zypressen beschattete Grünanlage, einen staubigen Garten, der in einen großen Parkplatz verwandelt wurde und ohne einen dir ersichtlichen Grund japanische Touristen anzieht.

Es ist heiß, denn es ist noch Sommer. Wahrscheinlich trägst du dein weißes Hemd und deine Ray-Ban. Man könnte dich fast für einen Italiener halten. Du bist nie wirklich, was du vorgibst zu sein. Um dich herum rauchen alle, und du machst keine Ausnahme. Die Zigarette hängt dir im Mundwinkel. Du bewegst dich vorsichtig. Zwei- oder dreimal drehst du dich um, als hättest du dich verirrt. »*Senso unico*«, heißt es an jeder Straßenecke. Rom ist eine Stadt voller Einbahnstraßen, ein unabänderlich in die Vergangenheit zielender Pfeil. Du folgst keinem der Schilder auf deinem Weg, stellst du, sicher mit leiser Bosheit, fest. Wenn man dich irgendwohin schicken will, bist du stets in Versuchung, die entgegengesetzte Richtung einzuschlagen.

Du bist gerade erst angekommen und schon wieder auf dem Sprung. Deine Existenz passt in einen kleinen schwarzen Koffer aus Kunstleder, und du machst dir bei jedem Aufenthalt die Mühe, ihn auszupacken. In zwölf Tagen wirst du in Basel sein, eine Woche später das Beaujolais durchqueren. Du versuchst, irgendwo zu landen, aber weißt nicht wo. Du passt nirgendwohin und fühlst dich überall fremd. Alles erscheint dir kurzlebig. Alles zieht vorbei wie ein Schatten. Aber hast du gemerkt? Wenn du dich in deinen Automaten flüchtest, wirfst du keinen Schatten hinter dir, du wirkst zweidimensional, als wärest du eins mit der Wand. Selbst dort, deinem Spiegel gegenüber, verhältst du dich wie ein Fremder. Du entdeckst dich, du bist dein eigener Zeuge, du stattest anderen in dir einen Besuch ab. Selbst eingesperrt geht deine Reise weiter.

Du achtest auf das geringste Detail. Du musterst die kleinen Luken im Zwischengeschoss der Häuser, schätzt die Höhe der Laternen über der Straße, bemerkst zwei Insassen in einem parkenden Auto, nimmst zur Kenntnis, dass es keine Telefonzelle gibt, und beobachtest von weitem einen Polizisten, der vor einem offiziellen Gebäude döst. Du interessierst dich für alles, und nichts hält dich auf. Du bewunderst die Säulen einer Barockkirche, ohne dir die Mühe zu machen, davor stehen zu bleiben. Trotz der frühen Stunde scheinst du es eilig zu haben. Du lässt Botschaftsgebäude hinter dir, die aussehen wie Baisertorten, und zu deiner Linken Ministerien, so imposant wie Kasernen. Du bewohnst ein Viertel von verschlafenen Wachhäuschen und wankenden Fahnen.

Vielleicht bist du auf der Hut. Du weißt, dass das ganze Land ins Wanken geraten ist. Das liest du an den neuen Basreliefs der ewigen Stadt ab, an den nachts mit Schablonen auf die Mauern gesprayten Graffiti, die wie Schlachtrufe klingen: »*Calabresi Assassino Torturatore*«. Der Name jenes Polizeikommissars sagt dir nichts, aber du begreifst, dass die Zeit der Schlächter und Mörder erst begonnen hat. Seit einigen Monaten explodieren hier und da Bomben, verwaiste Bomben, die niemand für sich reklamiert und die ein kommendes Militärregime nach dem Modell südamerikanischer Diktaturen vorbereiten sollen, aber auch das weißt du nicht. Banken werden gesprengt. Züge entgleisen. Selbst über den glitzernden Terrassen der Via Veneto hängt ein Geruch nach Pulver. Mit dem Dolce Vita ist es aus und vorbei.

Lautes Knallen lässt dich zusammenzucken. Ein Reflex. Noch ein Erbe deines einstigen Lebens. Bei der kleinsten Detonation fährst du zusammen, spürst einen Stich in der Brust. Es sind bloß Motorradfahrer, die im Rudel vorbeiknattern. Sie rasen durch Rom, als ginge es um ihr Leben. Du setzt deinen Weg fort und beeilst dich, die Blitze zu vertreiben, die dich jedes Mal durchfahren, wenn ein Ereignis altes Leid beschwört.

Nach zehn Minuten Fußweg gelangst du endlich zur Via Leonida Bissolati, eine breite, leicht kurvige, von großen Bürogebäuden gesäumte Prachtstraße. Beim Anblick eines Trupps Carabinieri, die in voller Kampfmontur an der Kreuzung die Stellung halten, befürchtest du einen Zwischenfall, etwas Ernstes. Hinter ihnen erkennst du ein Mäuerchen, Palmen und eine schöne, cremefarbene Villa mit dem Sternenbanner davor. Dieses Aufgebot ist nur für die Botschaft der Vereinigten Staaten da. Da fallen dir die Plakate wieder ein, die zur Demonstration gegen den bevorstehenden Besuch von Präsident Richard Nixon aufrufen.

Noch ein paar Schritte und du betrittst ein ebenso imposantes wie strenges Gebäude, neoklassizistische, wahrscheinlich mussolinische Architektur, das den Sitz mehrerer Fluggesellschaften beherbergt. Du trittst aus dem Lift, drückst auf eine Klingel, näherst dich dem Mikrophon der Sprechanlage und nennst deinen Namen, welchen auch immer. Ein Wächter öffnet die gepanzerte Tür und lässt dich eintreten. El-Al verbarrikadiert sich überall. Hier noch stärker als anderswo.

Das Gegenteil hätte dich gewundert. Du befindest dich im Auge des Orkans, an dem Ort, wo alles begann. In Rom hatte die Gesellschaft ihre erste – und bis jetzt einzige – Flugzeugentführung erlebt. Das war zu erwarten. Der Flughafen Fiumicino hat einen üblen Ruf. »Der schlimmste in Europa«, heißt es beim fliegenden Personal. Zur Stunde des Massentourismus hat er nur zwei Rollbahnen, die im rechten Winkel zueinander verlaufen. Kaum aus dem Boden gestampft, ist er schon zu klein, und Verspätungen und annullierte Flüge häufen sich. Streikendes Personal, verlorenes Gepäck und der Rest entsprechend. Du sorgst dich vor allem um die Sicherheit. Eine frei zugängliche Terrasse, die auf das Rollfeld hinausgeht, ungenügende Kontrollen und natürlich kein einziger Metalldetektor. Das italienische Terminal ist durchlässig wie ein Sieb. Der ideale Ort für einen Angriff.

Du kennst die Geschichte des Flugs 426 nach Tel Aviv sicher in- und auswendig. Start um einen Tag verschoben wegen eines Schadens, die Maschine drei viertel leer, da die meisten Passagiere lieber früher mit Alitalia geflogen sind, das Eindringen von zwei Schnurrbärtigen ins Cockpit, der Flugkapitän, der glaubt, es mit Betrunkenen zu tun zu haben, bis zu dem Schuss in die Luft, die Deckenlampe explodiert, der betäubende Lärm, Glassplitter, die Pistole im Nacken des Copiloten, weitere Schreie, diesmal aus der Kabine, die Handgranate, die ein dritter Komparse schwenkt, der vor den Augen der entsetzten Passagiere im Gang steht, den fiebrigen Finger am Abzug, in der anderen Hand den Entsicherungsring, die in schlechtem Englisch ausgestoßenen Drohungen und dann das sich neigende Flugzeug, das einen anderen Kurs einschlägt, nach Süden, Richtung Alger, die brutale Landung, das Warten am Ende einer Rollbahn, die Triage der Geiseln nach Pass und Klang ihres Namens, wieder die Angst, die Gefangenschaft, die wochenlangen, von Gerüchten unterbrochenen Palaver und schließlich die Freilassung unter den Blitzlichtern der Fotografen.

Israel musste sechzehn arabische Häftlinge freilassen. Die Volksfront zur Befreiung Palästinas bricht in Jubel aus. Die Operation, von einem ihrer Kommandos in der Nacht vom 22. auf den 23. Juli 1968 ausgeführt, ist der Beginn einer neuen Ära. Seitdem schwören die Chefs der bewaffneten Gruppe nur noch auf Flugzeugentführungen. Sie zielen immer höher, immer weiter. Der Himmel gehört ihnen. Was gibt es Besseres als ein Linienflugzeug oder einen internationalen Flughafen, wenn man mit wenig Aufwand Terror stiften will? Der Krieg in der Economy Class, den sie über den Wolken führen, bedeutet maximale Wirkung. Funkelnde Luftstrahltriebwerke werden zu fliegenden Bomben oder mobilen Gefängnissen. Boardinghallen verwandeln sich in Schießplätze und Reisende in Tauschobjekte oder Kanonenfutter.

Im Moment, als du nach Italien fliegst, macht die zivile Luftfahrt die schwerste Krise ihrer Geschichte durch. Die palästinensischen Kämpfer haben eine DC-8 der Swissair, eine Boeing 707 der TWA und einen Jumbojet der Pan Am gezwungen, auf einen Asphaltstreifen mitten in der Wüste niederzugehen, und halten dort vierhundert Passagiere gefangen. Um ihren Drohungen größeres Gewicht zu verleihen, haben sie die drei Flugzeuge mit Dynamit in die Luft gesprengt. Eine Boeing von El-Al aus Amsterdam hätte dasselbe Schicksal ereilt, wenn nicht ein Sicherheitsmann in Zivil mit einer Beretta Kaliber 22 dazwischengegangen wäre – von nun an gibt es einen auf jedem Flug der israelischen Gesellschaft. Und wenn der Pilot nicht den Reflex gehabt hätte, in den Sturzflug zu gehen, um die beiden Luftpiraten aus dem Gleichgewicht zu bringen? Wer weiß? Du hättest an Bord sein können.

Der Tod geht dir voraus, er folgt dir, er begleitet dich vielleicht schon. Bist du Vittorio Olivares begegnet? Ein Italiener, katholisch, um die dreißig. Als du nach Rom kommst, arbeitet er für British Airways, im Büro nebenan. Bald wird er von El-Al angeworben, als einfacher Angestellter. Ein junger Libanese wird ihn an der Straßenecke Via Venti Settembre töten. Zwei Schüsse in den Rücken, mitten in der Menge, aus einer in einem Koffer versteckten halbautomatischen Pistole mit Schalldämpfer. Offenbar soll der Mörder ihn mit seinem israelischen Vorgesetzten verwechselt haben.

DIE INSCHRIFT, DIE unter der weißlichen Farbe hindurchschimmerte, bezeugte es. Es existierte tatsächlich ein »*tapissier Teboul*« an der im Album angegebenen Adresse. Ich erkannte das T, das P, weiter weg ein B, ein O, ein L. Die Buchstaben bildeten ein Monogramm, wie ein halb ausgelöschtes Siegel, über einem ehemaligen Laden, von dem nur die Auslage übrig war, ein Gemisch aus Blech, Betonplatten und einem marmornen Absatz. Auf dem Schaufenster klebte Werbung für eine Musikschule in schreienden Farben. Der Ort diente jetzt als Garage. Ein Schild verkündete: »Motorradstellplatz zu vermieten«.

Da es keinen Bus gab, war ich zu Fuß vom Alten Hafen gekommen. Oben auf dem Hügel, nach einem halbstündigen Anstieg in der größten Hitze, triefte mein Hemd vor Schweiß. Das Vallon de Montebello führte zu einem Gewirr noch dörflich wirkender Gassen. Die Häuser auf beiden Seiten des Weges hatten nicht mehr als zwei Stockwerke. Wegen des aufgegebenen Geschäfts und der geschlossenen Fensterläden schien das kleine graue Gebäude mit der Nummer 53 verlassen. Durch eine Tür, kaum breiter als eine Schießscharte, konnte man zu den Wohnungen gelangen, die wahrscheinlich winzig und niedrig waren. Über der Gegensprechanlage standen zwei Namen, und es waren nicht die richtigen.

Ich drückte auf einen Knopf, dann auf den anderen. Niemand öffnete mir. Monsieur Teboul wohnte nicht mehr dort. Da er nicht in den Gelben Seiten stand, wusste ich nicht, wie ich ihn finden sollte, falls er noch lebte.

Auch ihm hatte Jacob B'chiri ein Etikett gewidmet. Mit seiner luftig blauen Feder hielt er fest, dass er einen Teil des Monats Juli 1972 bei dem Marseiller Polsterer verbracht hatte. Seit mehreren Wochen schon folgte ich seinen Spuren. Ich wiederholte seine Reisen in der Hoffnung, wenn nicht ihn, so doch zumindest einen seiner Bekannten zu treffen. Eine zwangsläufig ältere Person, die zunächst ein wenig überrascht wäre, mir nach einiger Überlegung jedoch geantwortet hätte: »Ach, Jacob, natürlich! Eine Ewigkeit her, dass ich nichts mehr von ihm gehört habe.«

Ich trug eine Liste aller Orte mit mir herum, an die er sich begeben hatte, und hakte sie nach und nach ab. Auf einem Zeichenblatt hatte ich auch seinen komplizierten Weg von Rom nach Paris über die Schweiz und Israel rekonstruiert. Die Etappenstädte waren rot umrandet. Schwarze Kurvenlinien verbanden sie miteinander. Pfeile markierten die Richtung. Seit meiner Kindheit habe ich gern Karten gezeichnet. Ich kann sie stundenlang betrachten. Ein in gepunkteten Linien eingezeichneter Weg erzählt eine Geschichte. Ein Plan hilft, Schätze auszugraben. Die Welt kann erst erfasst werden, wenn sie auf einer Papierfläche festgehalten ist. Kein In-Worte-Fassen ohne ein In-Fläche-Fassen.

Meine Zeichnung bestätigte nur, was ich schon wusste: Jacob irrte durch ein verzwicktes Labyrinth. Die Schleifen, die er machte, überschnitten sich so oft, dass sie ein unentwirrbares Knäuel mitten in Westeuropa bildeten. Aus diesem gestaltlosen Krickelkrakel ergab sich ein weiterer Hinweis: Unser Rumtreiber kreiste ständig um Marseille. Das war sein Heimathafen, der Schnittpunkt all seiner Ellipsen, das Zentrum, von dem aus er wirkte. Dorthin kehrte er unfehlbar zurück und fand jedes Mal jemanden, der ihn aufnahm. Meist in den östlichen und südlichen Vierteln. In Lodi, Saint-Jean-du-Désert, hinter dem Krankenhaus in La Timone, in La Valbarelle oder noch weiter weg, in Richtung Madrague und Calanques. Bei seiner Ankunft im Vallon de Montebello kannte er die Stadt schon gut. Seinem Bilderkalender zufolge verbrachte er dort seinen fünften Aufenthalt in zwei Jahren.

In der Sprache der Hetzjagd bezeichnet man mit »Kenntnissen« die Spuren eines gejagten Tiers, Rehspuren, Wildschweinpfade. Hier wie überall sonst fand ich nichts dergleichen. Keine Spur von Jacob B'chiri. Ich hatte ihn im Verdacht, dass er auch seinen Polsterer hatte verschwinden lassen. Alle, deren Existenz er erwähnte, fielen durch eine Art Ansteckung demselben Vergessen anheim.

Auf der Messingtafel an der Rue Sylvabelle 99 gab es auch keinen Guetta oder Saada, die beiden, die ihn zwei Jahre früher, am 10. November 1970, beherbergt haben sollten. Das Gebäude im Haussmannstil, bürgerlicher als das vorige, setzte mir dieselbe stumme Gleichgültigkeit von mit dem Kärcher gereinigten Hausteinen und Doppelfenstern entgegen. Von der Nachbarschaft war keine Hilfe zu erwarten. Alles war geschlossen, einschließlich der Kirche.

Ich überquerte die Place de la Castellane und erreichte den Cours Gouffé, eine platanengesäumte Avenue. In der Nr. 50 erinnerte sich niemand an Benjamin Lombroso, den ersten Einwohner Marseilles, der ihm Gastfreundschaft gewährt hatte. »Wo kommt der Mann?«, fragte mich gebrochen ein Elektriker vermutlich slawischer Herkunft, der sich das Erdgeschoss mit einem vietnamesischen Restaurant teilte. Weiter östlich, in der Rue Madon, hatte Elie Illous Reifen verkauft. Ausgeflogen, wie die anderen. Seine Werkstatt war einem vor kurzem gebauten und bereits heruntergekommenen verputzten Wohnheimgebäude gewichen.

Würde ein halbes Jahrhundert genügen, um all Ihre Wegmarken zu vernichten? Um jede Zeile Ihres Adressbuchs auszuradieren und sogar die Erinnerung an die Namen darin zu löschen? Überall, wo ich hinging, stieß ich auf Leere. Ich durchstreifte die Stadt von einem Ende zum anderen und fand mich am selben Punkt wieder, Unbekannten gegenüber, Leuten auf Durchreise, austauschbaren Orten, Mauern und nichts dahinter. Eine herrenlose Welt, in der alles fortbesteht und nichts mehr zu jemandem gehört. Fast freute ich mich, eine Abwesenheit aufdecken zu können. Die zeugte zumindest durch ihre Leerstelle von einem vergangenen Leben.

Sicherlich hätte ich im Hafengebiet beginnen sollen. Das passte besser zu jemandem, der immer auf dem Sprung war. Der Zugang zur Rade war durch Nagelsperren, Kameras und

Schranken geschützt. Die nächstgelegene Einfahrt zum Bassin du Président-Wilson war seit Jahren aus Sicherheitsgründen gesperrt, was das Personal zu einem langen Umweg Richtung Norden zwang. Gerade als ich das Absperrgitter des einstigen Eingangs erreichte, machten sich zwei Seayard-Mitarbeiter in ihren fluoreszierenden Westen daran, darüber zu klettern. Die Kletterer kamen vom Essen und kehrten auf dem kürzesten Weg zur Arbeit zurück. Der Ältere der beiden scherzte oben auf dem Gitter: »Was tut man nicht alles, um arbeiten zu gehen!« Sie hatten auf der anderen Straßenseite in der Bar de l'Océan zu Mittag gegessen. Ein Lokal für Männer, die dem Rhythmus der Rollkräne unterworfen waren – ein eher geruhsames Tempo, der fast sommerlichen Stimmung nach zu urteilen, die zu der Zeit über den Docks lag.

An dem Tag begleitete mich meine Freundin. Bei unserer Ankunft hoben alle Gäste in der Laube den Kopf in unsere Richtung, vollkommen synchron, überrascht wahrscheinlich vom Auftauchen einer Frau, obendrein in einem roten Kleid, in einer ganz und gar männlichen und warngelben Umgebung. Von der Terrasse aus sah man eine erstarrte Lego- oder Playmobillandschaft und jenseits davon ein am Pier festgemachtes Containerschiff. Kein anderes Schiff weit und breit. Der Quai mit dem Liegeplatz 25, den Jacob B'chiri als Anlegestelle der Zim Lines genannt hatte, war leer. So wie immer, meinen Tischnachbarn zufolge. Sie arbeiteten im danebengelegenen Hafenbecken und sahen dort nie Waren, geschweige denn Menschen ankommen oder abfahren. »Manchmal ankern dort Schiffe, man weiß nicht warum«, sagte einer.

Putz, Stahlbeton, bereits abgewirtschaftete Neubauten, bescheidene Innenräume, eine Werkstatt, eine Garage, reizlose, wie mit dem Lineal gezogene Straßen, weit weg vom Meer und seinen Rokokovillen, weit weg vom Zentrum und der Küstenstraße, weit weg von allem. Wieso war er in Marseille? Nicht als Tourist jedenfalls. Dafür eignete sich auf seiner langen Reiserei nur ein einziger Ort: Die Avenue de Montredon 155 barg einen riesigen Park, den man von der Straße aus nicht vermutete. Der Garten hob sich vom eintönigen Grau der Umgebung ab. Hohe Pinien und grüne Eichen, weite Wiesen mit fettem Gras, schilfbestandene Seen, Stechpalmen- und Wacholderbüsche, nadelübersätes Unterholz, all das neben den Stränden Pointe Rouge und Prado. Und am Ende einer geraden Allee Pfade in Serpentinen, die auf ein Wirrwarr aschfarbener Felsen mündeten.

Dort wohnte Jacob B'chiri drei Monate lang: im Juni, Juli und August 1972. Als ich das las, hielt ich es für einen Irrtum. Er schrieb, dass er im selben Zeitraum im Vallon de Montebello sei. Sicherlich fuhr er zwischen beiden hin und her? Dieses Mal vertraute er – aber was genau? seine Post, sein Gepäck, seine Person? – der Obhut des OPEJ, des Hilfswerks für jüdische Kinder an. Das Hilfswerk, das Ende des Krieges gegründet worden war, um den Waisenkindern der Shoah zu helfen, und seine Arbeit später auf aus Algerien oder anderswoher zurückgeholte Jugendliche ausweitete, mietete bis 1988 eines der drei Anwesen des Landguts Montredon. Es war ein Zufluchtsort mit Internat und Schule, ein Raum der Freiheit in einer hinreißenden Natur und im Sommer, also zu der Zeit, als Jacob dort war, eine Ferienkolonie.

Ein Kiesweg führte zu einer Stadtvilla mit Zinkdach, wie man sie im Pariser Westen findet. Aus dem Inneren drang Lärm wie auf dem Pausenhof, ein Gemisch aus Gelächter und Tränen. Das Gebäude gehört heute der Stadt, als Ferienzentrum nimmt es weiterhin Kinder zwischen drei und zwölf Jahren auf, die jetzt aus dem Viertel stammen. Ein Aushang mit dem Tagesprogramm am Eingangsgitter kündigte Wasserspiele, chinesisches Karaoke und für die Älteren einen Maskenworkshop an, der den damaligen Besucher möglicherweise hätte interessieren können.

Seinem Logbuch zufolge hat Jacob B'chiri gerade seinen letzten Sommer in der Provence erlebt. Mitte September hält er sich eine oder zwei Wochen in Israel auf und kehrt mit dem Schiff nach Marseille zurück, wo er aber nicht bleibt. Am 2. November 1972 ist er in Paris. Er lässt sich im Barbès-Viertel nieder, in der Rue Doudeauville 102. Dort wohnt er mit Simon Bismuth zusammen. Schluss mit den Zickzacks durch Europa. Auch wenn er weiter bei diesem oder jenem kampiert, verlässt er die Seineufer nicht mehr. Ab dem 15. November lebt er in Chaville, in der Nähe des Waldes von Meudon. Danach wohnt er, wenn man seinen Aufzeichnungen glauben darf, eine ganze Weile in der Rue de Turenne 134 im Marais, dann kurz in der Rue Baudoin 10 im 13. Arrondissement, bevor er in die Rue Saint-Denis 163 auf dem rechten Seineufer wechselt. Im März 1974 zieht er in ein neoklassizistisches Gebäude aus den 30er Jahren in der Rue Émile-Allez 8, in der Nähe der Porte de Champerret. Das ist seine letzte bekannte Adresse.

Andächtig hatte ich vor jeder Station seines Umherreisens verharrt, in der Hoffnung, dort eine Wahrheit zu finden. Der Zugang zu all diesen Gebäuden war durch elektronische Türschlösser geschützt. Ich gab mich damit zufrieden, sie von der Straße aus zu beobachten, und versuchte nicht, hineinzukommen, als könnte der Anblick eines verhängten Gerüsts, eines afrikanischen Frisiersalons, dreier an einem Ständer vergessenen Fahrradleichen, einer auf einer Vortreppe sitzenden Frau oder eines abgezehrten Blumentopfs auf einem Balkon mir auch nur das Geringste mitteilen. Es waren bloße Fassaden, Bühnenbilder mit nichts dahinter, ähnlich wie die schwarzen Löcher im Zentrum von Galaxien, die die Materie einsaugen.

Ich war hinter einem Völkchen her, das es nur auf dem Papier gab. Kein Bismuth in der Rue Doudeauville, kein Badarau in der Rue Baudoin. Auch keine Joelle Recca in der Rue Saint-Denis. Ein Psychoanalytiker in der Nähe hatte denselben Nachnamen, aber mit nur einem »c«, erklärte er mir am Telefon, ohne aufzulegen. Wegen seines Berufs? Die Geschichte interessierte ihn. »Dieser Jacob hatte ja Ausdauer. Er war, wenn ich recht verstehe, ein ewiger Wanderer.« Für den Fall der Fälle gab er mir die Adressen von weiteren Mitgliedern seiner Familie. »Sie können sie in meinem Namen anrufen.« Er war bereit, mich bei Gelegenheit wiederzusehen. Warum nicht in seiner Praxis? »Um sich etwas länger zu unterhalten«, sagte er. »All diese Elemente sind sehr rätselhaft.«

Die Rue Carnot in Chaville überquert die Eisenbahnlinie und führt zu einem Wald. Die Hausnummer 34 war nur ein Parkplatz und gehörte zum Bahnhof nebenan. Doch dort, in diesem Riss im Gewebe der Stadt, hielt Jacob sein Treffen mit einer gewissen Évelyne Löewenguth am 15. November 1972 ab. Durfte man ihm noch glauben? Natürlich tauchte die Dame in keinem einzigen Register auf, die mit wenigen Klicks erreichbar sind. Doch der Name war mir vertraut. Bestand eine Verwandtschaft zwischen ihr und dem Geiger Alfred Loewenguth? Er dirigierte früher ein Jugendorchester in Sceaux. Der Maestro war schon lange tot. Sein Nachfolger an der Spitze des Orchesters glaubte, dass ich mich irrte: »Ich glaube nicht, dass es in der Familie eine Évelyne gab.« Er wusste nicht, wer mir weiterhelfen konnte. »Es gibt nicht mehr viele Loewenguths.«

Wenn man unsichtbar bleiben will, gibt es nichts Besseres als ein Bataillon von Gleichnamigen. Es existierte ein Jean-Claude Audigier, aber nicht in der Rue de la Quarantaine 2bis in Lyon, sondern in Vals-les-Bains in der Ardèche, wo er sich als Wünschelrutengänger, Magnetiseur und Fachmann für Radiästhesie betätigte. »Für alle Anliegen, besonders bei verirrten Tieren, schreiben Sie mir bitte unter Beilage eines Fotos und eines frankierten Umschlags«, erklärte er auf seinem Anrufbeantworter. In meinem Brief fasste ich die Geschichte in ein paar Zeilen zusammen. »Vielleicht sind Sie diesem Jacob B'chiri 1971 begegnet. Wenn das der Fall ist, könnte ich Sie dann anrufen?« Zwei Wochen später rief er mich an. Sein Ton war schmetternd, fast feierlich: »Ich habe Ihren Brief erhalten. Das bin nicht ich!« Er habe nie im Großraum Lyon gewohnt und der Mann war ihm vollkommen unbekannt. Schnell wechselte er das Thema und sprach von sich. Er erzählte mir, wie er mit seiner Rute aufbrach, auf der Suche nach einer

Quelle, einem entlaufenen Hund und manchmal sogar nach einer verschwundenen Person. Ich war in Versuchung, seine paranormalen Fähigkeiten zu nutzen, aber er bot mir kein einziges Mal an, mir zu helfen. Der Fall, den ich ihm unterbreitete, lag wohl außerhalb seines Arbeitsgebietes.

Auch Jean Pillet stand im Telefonbuch. In diesem Fall war eine Verwechslung unmöglich. Er wohnte tatsächlich an der auf einer der ersten Seiten des Albums angegebenen Adresse, in Quincié-en-Beaujolais, Saint-Nizier 24. »Er ist verstorben«, antwortete mir seine Witwe. Und das schon vor über vierzig Jahren. Sie hatte sich nie durchgerungen, die Angaben im Telefonbuch zu ändern. »Jacob, sagen Sie? Sind sie sich beim Regiment begegnet? Anders kann man sich doch nicht kennenlernen.« Ihr Ehemann hatte Wein angebaut, wie sein Vater vor ihm. Nach dem Militärdienst hatte er ihr Dörfchen in den Hügeln nie mehr verlassen. »Warten Sie mal, in welcher Kaserne war er noch gleich? Es gibt so viele davon. Das ist alles so lange her.« Sie ging nicht davon ab. Nur die Armee konnte sie zusammengebracht haben. Plötzlich entschuldigte sie sich, als wäre ein Schleier herabgefallen. Nein, ganz sicher, dieser Mann sagte ihr nichts. »Ich sehe nicht, wer das sein soll«, erklärte sie mit festerer Stimme. Und empfahl mir einen anderen Weg. Es gab einen Cousin, der auch Jean Pillet hieß. Ein Geschirrhändler in Beaujon. »Aber er ist tot.«

Ihr Mann machte seinen Wein nicht selbst. Er brachte seine ganze Ernte in die Kooperative. Also kein Weinkeller, den man besichtigen, oder Flaschen, die man kaufen konnte. Er hatte keinerlei Verbindungen zu Kunden, verließ sehr selten sein Dorf und hatte natürlich nie in den Reihen der israelischen Verteidigungskräfte gedient, besser bekannt unter dem Akronym Tsahal, doch manchmal stellte er für die Weinlese Leute ein. Seine Witwe erinnerte sich an keinen Saisonarbeiter namens Jacob.

Da ich beständig hinter einem Gespenst her war, zweifelte ich schließlich sogar an seinen Reisen. Ohne den auf ein paar Initialen reduzierten Laden von Monsieur Teboul hätte ich am Ende alles für falsch gehalten: die Freunde, die ihn beherbergten, die Pensionen, die Hotels, die Daten, die Telefonnummern. Diese ganze Globetrotterexistenz. Lauter Phantasmen, Schimären.

Zumindest die Namen hatte er nicht erfunden. Es gelang mir, einige in alten Telefonbüchern der 70er Jahre in der Bibliothek für Post- und Telekommunikationswesen in der Rue Pelleport zu finden. Bismuth, Badarau, Illous … Die anderen hatten wohl keinen Telefonanschluss. Auch die Adressen stimmten überein. Hier und da nannten die Mikrofilmseiten den Beruf: »Zuschneider von Lederkleidung«, »Vulkanisierer«, »Damenkonfektionsschneider«. Alte, im Verschwinden begriffene Berufe, die mich an den von Monsieur Teboul erinnerten, den Polsterer aus dem Vallon de Montebello. Hatte Jacob B'chiri bei ihnen gewohnt, mit ihnen gegessen oder hatte er sie nur um ihre Dienste gebeten? War er ihr Freund oder einfach ein Kunde?

Meine Nachforschung kam nicht voran und die Produzentin wurde langsam ungeduldig. »Neuigkeiten von John Doe?« Zwei Wochen später: »Rekapitulieren wir mal, wo wir stehen?« »Wir müssen jetzt vorankommen.« Auch der Smiley am Ende für die humorvolle Note änderte nichts an einer gewissen Gereiztheit in ihren Nachrichten. Auf die Texte, die ich ihr schickte, etwas ausgeschmückte Berichte meines Scheiterns, die aber meiner Meinung nach die Basis eines Drehbuchs bilden konnten, erhielt ich keinerlei Kommentar. Sie wollte Jacob, tot oder lebendig.

Ich blieb davon überzeugt, dass sein Album den Schlüssel enthielt. Es versetzte mich in einen fast hypnotischen Zustand. Ich konnte es stundenlang in Augenschein nehmen wie ein indisches Mandala, um endlich seinen Sinn zu verstehen. Seine mehreren hundert Gesichter erinnerten mich an die letzte Szene der *Lady von Shanghai*, des Films von Orson Welles, wo die Protagonisten in einem Spiegelkabinett bis in den Tod miteinander kämpfen, ohne zu wissen, ob sie auf den anderen schießen oder nur auf dessen Spiegelbild. Auch hier musste man, um zu ihm zu gelangen, jeden Spiegel zerschlagen, hinter dem er sich versteckte.

Ich weiß nicht mehr, ob das Foto von selbst herausfiel oder ob ich es aus Unachtsamkeit herauslöste, als ich das schützende Transparentpapier anhob. Es war das erste der Serie. Das, mit dem er sein Album hatte beginnen wollen. Das, auf dem er in Anzug und Krawatte posierte und seine weißen Zähne zeigte. Auf der Rückseite sah ich handschriftliche Anmerkungen auf Hebräisch und davor ein Datum. Aus Neugier drehte ich das folgende Foto um und entdeckte auf der Rückseite dieselbe kantige, das Foto füllende Schrift. Ich drehte drei weitere um, vorsichtig, mit dem Daumen, und achtete darauf, die Seite nicht zu zerreißen, doch ohne Erfolg, dann jubilierte ich: noch eine Botschaft auf der Rückseite des untersten Photos. Er hatte seine kleinen Mitteilungen kreuz und quer verstreut.

Bis zu diesem Augenblick konnte er jeder sein: ein Spion, Schauspieler, Vagabund, Fabulierer, ein Schnulzensänger, Amateurfotograf, Adept der Teleportation, ein hybrides Wesen, halb Mensch, halb Maschine. Natürlich hoffte ich, endlich die Varianten seiner Mimik, seine Obsessionen, seine Versteckspiele, seine Vorliebe für Geheimnisse und Scheinwerferlicht zu verstehen, diesen Appetit auf das Hell-Dunkel, ich hatte nur die Qual der Wahl. Aber vor allem anderen wollte ich – einfach nur, wenn ich das so sagen kann – wissen, wer er war.

DU BEENDEST DEINE Selbstporträtserie mit dramatischer Note. Hervorquellende, verängstigte Augen, halb geöffneter Mund, geweitete Nasenflügel, struppiges Haar, aufgerissenes Hemd. Auf deinem letzten Medaillon mimst du den jungen Courbet auf seinem Selbstporträt *Der Verzweifelte*. Unmöglich, dass du dieses einem Geständnis gleichende Bild nicht im Sinn hattest. Du bist wie er, so wie du dich jetzt im gleichen Alter mit denselben Dämonen herumschlägst. Auch du würdest am liebsten aus der dich umschließenden Leinwand heraustreten. Die Worte, die er damals einem Freund und Gönner anvertraute, könnten die deinen sein: »Hinter der lachenden Maske, die Sie an mir kennen, verberge ich Kummer, Bitterkeit und eine Traurigkeit, die sich ans Herz klammert wie ein Vampir.«

Mit diesem Bild des Entsetzens setzt du einen Schlusspunkt ans Ende dessen, was man wohl dein Werk nennen muss. Eines Fotoromans, dessen Held, Erzähler und fast einzige Figur du bist, eine Collage verschiedener Stoffe, die analysiert werden kann wie jede literarische Schöpfung. Ein totales Buch, das deine ganze Person erfasst. Es ist nicht von dir, es ist du, würde Fernando Pessoa sagen oder eher sein Heteronym Vicente Guedes, eine Zusammenfassung von dir, gleich einem biometrischen Pass oder einem Reliquiar. Auf eine der ersten Seiten deines Albums hast du mit einem Stückchen Klebeband sogar ein Haar zwischen zwei El-Al-Etiketten geklebt. Ein kleiner brauner Faden, in einen Zwischenraum verfangen. Es braucht keinen Gentest, um zu wissen, dass er von dir stammt.

Du erzählst dich mit der Mimik und dem Wort, mittels einer physischen und menschlichen Geographie, einer Abfolge von Ansichten und Räumen, Daten, Orten, Gesichtern, die zugleich dargeboten und unerreichbar sind. Ganz klassisch beginnst du damit, ein Bühnenbild zu schaffen. Eine Tour durch Europa, auf ein paar Seiten skizziert, vermittels einer Liste von in chronologischer Reihenfolge aufgezählten Namen und Adressen. Dann betrittst du die Bühne mit makellos gezeichneten Zügen. Alles ist richtig, gefestigt, mit Wohlgeruch erfüllt und aufpoliert, bis hin zum Lächeln und dem Krawattenknoten. Eine Art offizielles Porträt, ein Männerideal, das du in der Folge zerstörst, im Zug der Seiten ausradierst. Du bemühst dich immer, gut dazustehen, doch nach und nach erhalten deine Züge Tiefe. Eine Grimasse, eine ernste Stirn mäßigen die Bewegung deiner Lippen. Etwas verändert sich in deinen Augen. Eine Intensität, die nicht nur der Notwendigkeit geschuldet sein kann, das Objektiv zu fixieren. Du entkleidest dich. Du zeigst Wunden und lässt weitere erkennen.

Uns fehlen die Untertitel, um zu verstehen, was du uns sagen willst. Sich verwickelnde kleine Schriftbänder, ähnlich den mittelalterlichen Buchmalereien, die dir mit der Leichtigkeit einer Blase aus dem Mund dringen und deine unweigerlich sibyllinischen Worte enthalten würden. Du hast deine Betrachtungen lieber für dich behalten. Du versteckst sie auf der

Rückseite deiner Ikonen und bedeckst sie manchmal mit einer dicken Schicht Klebstoff, um sicher zu sein, dass niemand sie lesen wird. Deine Passfotos haben wie Münzen zwei Seiten. Kopf, du schweigst und setzt dich der Überbelichtung aus. Zahl, du lieferst dich aus und versteckst dich dabei.

Ein doppelter Boden evoziert sofort ein doppeltes Spiel, eine dunkle Kehrseite, eine geheime bzw. illegale Aktivität. Wie um den Verdacht besser abzuwenden, sind deine Sprechblasen auf den ersten Blick harmlos. Sie beginnen fast alle mit der herzlichen Formel: »Meiner sehr geliebten Familie.«

Du schreibst deinen Verwandten. Lakonische kurze Sätze, in denen du ihnen erzählst, wie das Wetter ist, um nichts zu sagen, oder eher, um ihnen zu sagen, dass du an sie denkst. Du sorgst dich um ihre Gesundheit, äußerst den Wunsch, sie schnell wiederzusehen, und schließt mit einem kurzen »*shalom*«. Über dich selbst schreibst du nur Bruchstückhaftes, Anekdoten, Plattitüden, so wie die, mit denen wir unsere Eltern und Freunde aus den Ferien abspeisten, als es noch keine Emojis gab. Denn genau das schickst du, Postkarten, Karten mit deinem Konterfei. Du zeigst nicht den Ort, an dem du dich befindest, sondern dein Gesicht, diesen Lehmklumpen, der den Abdruck deiner Freuden wie deiner Kümmernisse trägt. Deine Botschaften zeigen kein Denkmal, keinen Platz, keine Straße, keinen Strand voller Badender. Sie zeigen nichts Malerisches oder Exotisches. Sie sind Lebenszeichen. Sie sagen weniger »dort war ich« als »ich bin«.

Ob als Zeichen von Gläubigkeit oder als Erbe einer religiösen Erziehung – nie vergisst du, Gott anzurufen. Vor jeder Äußerung stellst du dich unter seine Ägide, mit unscheinbaren Akronymen in der oberen rechten Ecke, in einer deutlichen, flüssigen Schrift. Auf Hebräisch pflegst du einen feinen, manchmal etwas geschwollenen Stil. Der Ton schwankt zwischen Begeisterung und Melancholie.

»Habt ihr die großen Veränderungen bemerkt, die sich in mir vollzogen haben?«, fragst du die Deinen auf der Rückseite der zweiten Aufnahme. Du bist bereits nicht mehr der vorbildliche junge Mann vom Beginn. Immer noch im Anzug, aber mit getönter Sonnenbrille und Bartstoppeln trägst du einen cooleren Look. Auch deine Mähne zeigt Zeichen der Emanzipation. Löckchen ringeln sich an den Schläfen und auf dem Schädel. Deine ganze Erscheinung kündet von einem ununterdrückbaren Verlangen, locker zu lassen. Du scheinst neue Dinge ausprobieren und eine zu drückende Last abschütteln zu wollen. Das passt zur Epoche.

Am 13. Juni 1971, beim Gründungskongress der sozialistischen Partei in Epinay ruft François Mitterand zur Revolution auf, ja, zu einer Revolution, sagt er, für diejenigen, die es vielleicht nicht richtig verstanden haben. Am selben Abend kommst du aus dem Kino. Du musst in Marseille oder in Paris sein. Eine oder mehrere Personen unbestimmbaren Geschlechts begleiten dich. Du erklärst, der Film habe dir sehr gefallen. Unterwegs hast du dem Bedürfnis nachgegeben, das Ereignis für die Ewigkeit festzuhalten. Beglückt, fünf Minuten von der Universität entfernt einen Fotoautomaten entdeckt zu haben. All das ist ziemlich schemenhaft. Diejenigen, an die du dich wendest, brauchen nicht mehr darüber zu wissen.

Dein Gefallen an diesen Automaten geht auf einen Aufenthalt in Basel sechs Monate zuvor zurück. Das erzählst du sehr viel später, auf der Rückseite eines Fotos, das quer zwischen zwei Reihen Klonen angebracht ist. Dein Heft jongliert oft mit Daten. »Ich habe mich in der Schweiz fotografieren lassen!«, notierst du nach dieser ersten Erfahrung entzückt. »Ich hatte Mühe, nicht zu blinzeln.« Du berichtest davon, als ob du gerade die erste Daguerreotypie der Geschichte gemacht hättest. Hast du da dein Projekt schon geplant?

Du hörst nicht auf zu reisen, ziehst herum. Überall wo du hinkommst, findest du deine Laterna magica wieder, wie einen Orientierungspunkt in deiner Nacht. Du liebst es, dich auf deiner Bühne des Nirgends zu zeigen. Die Winzigkeit dieses Ortes beruhigt dich. Das Abgeschlossensein befreit deine Vorstellungskraft. Das hier ist dein Zimmer, deine Schreibschatulle, deine Dunkelkammer, dein Verkleidungshäuschen, ein Ort, wo sich die Wirklichkeit verwandelt. Du ziehst uns mit in ein kubisches Epos, ein Innenraumbuch, in dem sich Realität und Fiktion vermischen. Du erfindest dich durch das Bild und realisierst dich durch die Worte.

»Gruß und Segen euch allen« – offenbar sind die B'chiris zahlreich. Deine Familie fehlt dir. Vor allem deine Brüder. Du rufst dich ihnen regelmäßig in »Erinnerung« – du hängst an diesem Begriff, der in all deinen Nachrichten vorkommt. Befürchtest du, vergessen zu werden? Du bittest sie um nichts, nur darum, deine Zellophanbrustbilder aufzubewahren, denn du beabsichtigst, sie eines Tages wieder an dich zu nehmen. »Bitte dem Album hinzufügen.« Das Album? Es existiert also schon. Du unterschreibst mit »Jaco«, einem Diminutiv, der nach Kindheit klingt, auch mit »Zakine« oder »Zakino«. Du häufst Spitznamen an. Vielleicht auch Alias.

Am 27. Dezember 1971 zeigst du dich beredter. Ohne über dein Los zu jammern, deutest du doch eine gewisse Niedergeschlagenheit an. »Die Arbeit ist eine Schinderei. Das Ende des Trimesters war sehr schwierig«, schiebst du zwischen zwei Banalitäten ein. Du erklärst, dass du hart arbeitest, um dein Studium zu finanzieren. Wo? Woran? Du sagst es nicht. Du suchst immer noch nach einer Wohnung. Die Perspektive eines x-ten Umzugs scheint dich zu deprimieren. Auf der Vorderseite wirkst du müde. Die Augen halb geschlossen, die Wangen hohl, blasser Teint. Angesichts des Datums könntest du mitten in den Bergen sein, irgendwo zwischen Sankt Gallen und Genf. An einem Ort jedenfalls, von dem du sagst, es sei dort »wirklich kalt«. Du klagst darüber, als ob man in dem Land, aus dem du kommst, nicht wüsste, was das ist. Du klingst wie ein Emigrant, der den veränderten Breitengrad zum ersten Mal körperlich spürt. Du warst es gewohnt, die Sonne zu meiden, und erlebst nun Tage voller Grau, an denen man Himmel und Erde nicht mehr unterscheiden kann. Um in dieser eisigen Weite durchzuhalten, ziehst du Schichten von Kleidungsstücken übereinander. Unter deinem Mantel mit halb aufgezogenem Reißverschluss erkennt man eine Jacke, einen Pullover, ein Hemd und ein T-Shirt. »Meine Winterkleidung«, verkündest du.

Ein Jahr ist vergangen. Ausnahmsweise zeigst du dich einmal im Profil, in einer feierlichen Pose, die entfernt an erkennungsdienstliche Behandlungen erinnert. Du willst dich in eine Kartei aufnehmen und deine Familie als Zeugen haben. Du weist darauf hin, dass du das Foto am Tag deiner Entlassung aus dem Krankenhaus gemacht hast. Du hast ein dazu passendes Gesicht aufgesetzt, düster, erledigt und dennoch stoisch. Du sagst nicht, was für eine Behandlung du im Krankenhaus erhalten hast. Du beschränkst dich auf die Information, dass sie in Versailles stattfand, sicher im alten steinernen Hôtel-Dieu am Boulevard de la Reine. Aller Wahrscheinlichkeit nach hast du dir dieses Krankenhaus ausgesucht, weil du in einem benachbarten Pariser Vorort wohnst, in Chaville, einer Kleinstadt im Département Hauts-de-Seine.

Dein Körper dient dir nicht nur als Träger. Er spricht für dich. Er bestätigt, was du andeutest, und ergänzt, was du verschweigst. Nach vier Jahren ist aus deiner angestrengten Fröhlichkeit Unruhe geworden. Weniger Mienenspiel und Wichtigtuerei, auch weniger Begeisterung. Reue? Ein Anfall von Heimweh? Je weiter du mit deinem Werk vorankommst, desto stärker vermischst du die verschiedenen Perioden deines kurzen Lebens. Du schiebst sepiafarbene Abzüge aus deiner Jugend ein. Allen voran das Foto in Uniform, das für eine gewisse Shula bestimmt ist, »in ewiger Erinnerung, voller Dankbarkeit und tiefer Bewunderung«. Du schwenkst weitere aus einer noch weiter zurückliegenden Vergangenheit.

Du veränderst dich. Am 20. Februar 1974 schlüpfst du in keine Rolle, du blickst nicht einmal in die Kamera. Du bist anderswo, gedankenverloren. Deine Wangen sind aufgedunsen. Deine Haare bedecken den Nacken. Deine ganze Silhouette wirkt massiger. Auf der Rückseite des papierenen Rechtecks hast du nichts festgehalten. Keine »ewige Erinnerung«, kein »nachdrücklicher Dank«. Du hast dich damit begnügt, mit deinen Initialen zu unterschreiben.

ICH WAR ENTTÄUSCHT. Natürlich. Ich hatte Geständnisse erwartet, Enthüllungen, Vertrauliches, die große Überraschung. Zumindest den Beginn einer Antwort auf meine unzähligen Fragen. Jacobs Briefchen enthielten keinerlei Geheimnis, nichts jedenfalls, was tadelnswert oder beschämend wäre, es sei denn in einer besonders schwer zu entschlüsselnden kodierten Form. Sie lieferten keine Erklärung für sein ständiges Hin und Her, keinerlei Einzelheiten über sein Privatleben.

Diese brieflichen Äußerungen waren weit davon entfernt, zur Aufklärung beizutragen, sie verwirrten mich, denn sie warfen eine irritierende Frage auf: Wenn die Fotos eine Korrespondenz darstellten, wer hatte sie dann jahrelang aufgehoben, geordnet, sorgfältig der Reihe nach eingeklebt? Er oder die Seinen? Ein Mann auf der Suche nach seiner Identität? Oder eine liebende Familie, die vor seinem Bildnis kommunizierte, um das Fehlen des verlorenen Sohns weniger schmerzhaft zu machen? Kurz, wer war der Urheber des Albums? Das Modell oder sein Publikum? Ich fühlte mich wie der Verlierer beim Hütchenspiel. Jacob B'chiri mischte mit seiner Serie alter Fotos die Karten ständig wieder neu, und stellte mich vor die Herausforderung, ihn wiederzufinden.

Der Augenblick war gekommen, seinem letzten Willen zu entsprechen, zumindest dem auf der letzten Seite des grünen Buchs.

Betonpoller, Absperrgitter aus verzinktem Stahl, zwei automatische Schranken, eine Bodenschwelle und ein gepanzertes Wächterhaus beherrschten den Zugang zur Rue Rabelais. Ein Gartentischchen und ein Sonnenschirm vervollständigten das Ganze und verliehen ihm eine fröhlichere, doch nicht zur Jahreszeit passende Note. Jetzt, Ende Februar, stampften die vor der Sperre postierten Gendarmen auf dem Asphalt, um sich aufzuwärmen, und die Wächter hinter ihnen hatten sich in ihren verglasten Unterstand verzogen.

Aus Angst vor einem Anschlag glich die israelische Botschaft in Paris einer Festung. Um hineinzugelangen, musste man sich einen Termin geben lassen, vorab eine Passkopie einschicken und vor Ort seine elektronischen Geräte abgeben. Ich legte Laptop und Mobiltelefon in einen vor dem Gebäude aufgestellten Metallkasten, bevor ich mich einer Kontrolle unterzog, die des penibelsten Flughafens würdig war. Das Album war der einzige verdächtige Gegenstand, den ich auf Anordnung des Wachmanns am Empfang aus meiner Umhängetasche nehmen und auf das Rollband legen musste. Die Vorstellung, dass es mit Röntgenstrahlen beschossen würde, begeisterte mich. Als ich es in dem Apparat verschwinden sah, wollte ich es auf dem Monitor verfolgen, um sicherzugehen, dass kein Mikrofilm darin versteckt war. Auf der anderen Seite tauchte es intakt wieder auf, ohne dass es den kleinsten Alarm ausgelöst hätte.

In einer weißen Marmorhalle setzte ich mich auf eine Bank, gegenüber einer großen Fotografie der judäischen Wüste. Als ich die unendliche Landschaft betrachtete, die einige als biblisch bezeichnen würden, erschien mir mein Vorhaben absolut albern. Warum sollte ein Diplomat seine Zeit damit verschwenden, Porträts eines völlig Unbekannten zu kommentieren, erst recht die eines Agenten, der ebenso unbekannt war, aber das auch besser bleiben sollte? So weit war ich in meinen Überlegungen, als ein etwa dreißigjähriger Mann mit gehäkelter Kippa auf mich zukam. Shimon Mercer-Wood übte in der Kanzlei die heikle Funktion des Sprechers aus. Kaum hatten wir uns vorgestellt, reichte ich ihm das Album, über das wir am Telefon schon gesprochen hatten. Er betrachtete es mit offensichtlichem Interesse. »Was für eine Geschichte!«, rief er beim Durchblättern.

Er war ein erheblich besserer Beobachter als ich und bemerkte Details, die mir entgangen waren. Wie etwa der Name Paris am Rand eines Plans, den Jacob und sein mysteriöser Gefährte in die Kamera hielten, ein Siegel- oder vielleicht Ehering am rechten Ringfinger. Der Diplomat blickte auf. »Wissen Sie, ob er verheiratet war?« Ich schüttelte den Kopf. Auf der Schildmütze mit dem Davidstern erkannte er das Emblem der El-Al. »Aber ich kann Ihnen nicht sagen, ob er Pilot war oder Steward.« Er sprach ein perfektes Französisch, mit leichtem englischem Akzent. Wie vorauszusehen, erregte der Soldat Jacob seine Neugier. Nachdem er ihn lange betrachtet hatte, schloss er: »Es sieht nicht so aus, als wäre er ein Kämpfer.« Das aufgenähte Abzeichen an der Brust wies ihm zufolge eher auf eine Pioniereinheit hin. Es gelang ihm, den hebräischen Stempel unten auf dem Dokument zu entziffern: »Yaffa Street 10, Jerusalem. Wahrscheinlich die Adresse des Labors.«

Das einzige Foto im Album, auf dem Jacob in Gänze zu sehen war, erregte seine Aufmerksamkeit. Diesmal saß Jacob nicht in seiner Kabine. Er stand auf einem Sofa oder einer dünnen Matratze in einem Kinderzimmer oder dem Zimmer eines Jugendlichen voller Poster von Stars und Reproduktionen alter Gemälde. Wie alt mochte er sein? Zwanzig? Jünger? Er trug Shorts, ein weißes Unterhemd und ein Paar Turnschuhe, was ihn noch jünger machte. Shimon Mercer-Wood fiel sofort ein Matrosenhemd auf, das auf dem Boden lag. »Das ist seine Uniform! Der Junge muss immer noch in der Armee gewesen sein.« Es gelang ihm, die Schriftzeilen eines an die Wand gepinnten Plakats über dem Bett zu entziffern: »Schottland, Niederlande, Dänemark …« Er überlegte: »Vielleicht eher ein Student.«

Sein Gesicht hellte sich plötzlich auf. »Haben Sie Google auch auf Hebräisch durchsucht?« Er tippte den Namen in seinen Computer. »Es gibt einen Sänger in Tunesien mit seinem Namen, aber er ist verstorben.« Ein Künstler aus Jerusalem, Rafram Haddad, hatte einen Film über ihn gedreht. »Ihr Projekt könnte ihn interessieren.« Er gab mir dessen Mail-Adresse und surfte weiter im Netz. Da kam ihm die Idee, eine der zahlreichen auf Genealogie spezialisierten Facebookseiten zu konsultieren. »Oh! Hier!«, rief er aus und übersetzte mir einen Post: »Ich habe gehört, meine Familie stamme aus dem Jemen. Jede Information willkommen.« Unterschrieben mit Gadi B'chiri, gefolgt von einer Telefonnummer. »Sie sollten ihn anrufen. Wenn er nach seinen Vorfahren geforscht hat, kann der Typ Ihnen helfen.«

Als er mich auf die Straße zurückbegleitete, versprach Shimon Mercer-Wood, die konsularischen Register zu Rate zu ziehen und einen seiner Bekannten zu fragen, der früher leitender Angestellter von El-Al gewesen war. Ich dankte ihm überschwänglich. Mit einer Handbewegung wischte er meine Beteuerungen weg, die gerne zu einem endlosen Gestammel auszuarten drohen: »Ich bin auch deshalb nach Paris gekommen, um mich solcher Themen anzunehmen.« Beinahe hätte ich ihm gestanden, dass genau da der Schuh drückte: Tatsächlich wusste ich gar nicht, was mein Thema war, erst recht nicht, in welche Kategorie es gehörte.

Den Anschluss des Amateur-Genealogen gab es nicht mehr. Rafram Haddad hingegen antwortete schnell auf meine Nachricht. Er war Videokünstler, Bildhauer und Fotograf und lebte jetzt in Tunesien, dem Land seiner Herkunft. *»Do we talk about the same Bchiri? Jacob was a known musician and close friend of my grandfather. Both died, of course.«* Der in den 1920er Jahren geborene Sänger symbolisierte für ihn die kulturelle Vitalität der Juden in Djerba. In seiner Mail schrieb er, er habe ihn vor seinem Tod lange interviewt. Und nein, leider kannte er niemanden gleichen Namens.

Am Telefon offenbarte er mir, dass er seinen Dokumentarfilm nie beendet hatte. *»Tragically, the cassettes are gone.«* Dann erging er sich in komplizierten Erläuterungen, wonach er die Muster seinem Kabbala-Professor gegeben und dieser sie infolge von Umständen, die zu erzählen jetzt zu weit führen würde, verlegt habe. Daraufhin sagte ich ihm, dass die Geschichte in der Tat an eine jener Erzählungen der jüdischen Mystik erinnere, bei denen man nichts versteht. Er lachte, aber es war ein bitteres Lachen. Die Jacob Bchiris, ob mit oder Apostroph, hatten entschieden die Gabe, ihren Biographen zu entwischen.

Zwei Wochen darauf teilte Shimon Mercer-Wood mir mit, dass seine Erkundigungen bei El-Al nichts erbracht hätten. Was die Register anging, konnte er sie nur mit Erlaubnis des Konsuls durchsehen, doch der war abwesend. Ebenso freundlich fügte er hinzu: »Wenn es irgendetwas anderes gibt, womit ich Ihnen bei Ihrem schönen Projekt helfen kann, stehe ich Ihnen gerne zur Verfügung.« Etwas anderes? Im Moment wusste ich nichts. Mir fiel nichts mehr ein.

Entmutigt wandte ich mich etwas ganz anderem zu. Ich war gerade in Lussan angekommen, einem Dorf im Departement Gers, als mich ein Anruf einer Vertreterin des OPEJ erreichte. »Das Hilfswerk zum Schutz jüdischer Kinder«, glaubte meine Gesprächspartnerin erklären zu müssen, die offensichtlich meine Verwirrung spürte. Schließlich erinnerte ich mich, dass ich mich schriftlich an das Hilfswerk gewandt hatte, ganz so, wie man eine Flaschenpost ins Meer wirft. Plötzlich sah ich Montredon und die Pinien dort wieder vor mir. »Uns stand ein Haus in Marseille zur Verfügung. Aber wir haben es nicht mehr«, erklärte sie ohne Umschweife. »Ich kann Ihnen nicht sagen, ob der Mann, den Sie suchen, dort gearbeitet hat oder nicht. Wir archivieren die Personalakten erst seit kurzem.«

Wieder eine Enttäuschung. In ihrer Stimme spürte ich jedoch eine gewisse Fiebrigkeit, wie einen Anflug von Optimismus. »Die Mutter einer Kollegin hat allerdings einen gewissen Jacques B'chiri gekannt«, sagte sie schließlich. »Vielleicht handelt es sich um dieselbe Person?«

Ich nahm ein Foto aus dem Album und schickte es ihr. Sie rief mich ein paar Tage später zurück. Ja, ohne Zweifel, das war er. Die Mutter ihrer Freundin hatte ihn erkannt und riet mir, mich an die *Chewra Kadischa* zu wenden, beim Vorstand der jüdischen Gemeinde in Paris. »Der Herr hat lange dort gearbeitet.«

Im Judentum ist die »Bruderschaft der letzten Pflicht« sehr viel mehr als ein Bestattungsinstitut. Ihre Mitglieder assistieren dem Verstorbenen. Sie leisten ihm Hilfe, schützen und stützen ihn, als wäre er am Leben. Sie heben ihn taktvoll hoch, entkleiden ihn, legen ihn auf den Boden und bedecken ihn mit einem weißen Tuch, wobei sie ihn für die Schamlosigkeit, die Rohheit ihrer Gesten um Verzeihung bitten. Wenn der Sohn es noch nicht getan hat, schließen sie ihm Augen und Mund, drehen sein Gesicht zum Himmel, seine Füße in Richtung Tür, bereit zum Aufbruch. Sie zünden eine Kerze an, stellen sie ihm dicht neben den Kopf, und im Licht der nach und nach verlöschenden kleinen Flamme schreiten sie zur Waschung, gießen über jedes Körperteil lauwarmes Wasser, unendlich langsam, ohne ihn je ganz zu entblößen und ohne die Nägel und Hautfalten auszulassen. Sie trocknen ihn mit einem Baumwolltuch ab und bedecken ihn mit einem Leichentuch. Sie begleiten seinen Sarg. Sie wachen über ihn und schützen seine Unversehrtheit bis zuletzt, bis zur Bestattung, bis zur letzten Schaufel Erde. Sie vollziehen eine *mitzwa*, eine religiöse Pflicht, eine umso verdienstvollere Handlung, als der Gegenstand all ihrer Sorgfalt ihnen nicht denselben Dienst erweisen kann. Sie tun ein lobenswertes, tapferes, aber schwieriges und undankbares Werk, bei dem sie der Gewalt, der Obszönität des Todes und dem Schmerz und der Verständnislosigkeit der Familie ausgesetzt sind.

Meine Familie hat ihre Dienste nie in Anspruch genommen. Hin- und hergerissen zwischen dem Gott der Juden und dem der Christen, hat sie niemandes Dienste beansprucht. Bei uns hat der Tod keinen festen Platz. Wir verweigern ihn und alles, was mit ihm zu tun hat: Beileidsbekundungen, Gebete, Trauerkleidung, Andachten. Sogar Begräbnisse. Kein Trauerzug, keinerlei Form von Gedenken. Meine Großeltern väterlicherseits wurden hastig begraben, fast ohne Zeugen. Jedenfalls ohne mich und meine Schwester. Zu unserem Wohl, sagte man uns. Damit wir nicht noch trauriger würden. Sie ruhen in einer der riesigen Nekropolen im Süden von Paris, die so groß und anonym sind, dass sie Massengräbern gleichen. Ich weiß nicht, wo ihre Gräber liegen und ob sie überhaupt noch existieren.

Wie erlebte Jacob B'chiri seine Nähe zu den Toten? Das würde ich ihn nie fragen können. Shimon Mercer-Wood hatte schließlich seinen Namen in den Akten der Botschaft gefunden. »Er ist am 24. Mai 2014 in Paris gestorben«, schrieb er mir. »Er wurde in Israel bestattet, in Beer-Sheva. Es tut mir leid, Ihnen keine befriedigenderen Informationen geben zu können.«

Auch wenn ich sie erwartet hatte, bereitete die Nachricht mir Kummer. Es war, als hätte ich jemanden verloren – nicht gerade einen Freund, das Wort ist zu stark, auch keinen Bekannten, aber jemanden, der mir vertraut war, dessen Gegenwart mir zur Gewohnheit geworden war und der ich eine Bedeutung beimaß, die zu erklären mir immer noch schwerfällt. Die Bestätigung seines Todes verstärkte noch die Jugendlichkeit und die Energie, die von seinem Album ausgingen. Seine vielen Gesichter resümierten in einer packenden Kurzfassung ein Leben und waren Ausdruck einer von nun an unerreichbaren Wahrheit.

Bei seinem Tod war er erst sechsundsechzig Jahre alt. Das konsularische Register gab an, dass er am 1. Januar 1948 in Tunesien geboren war. Ein wahrscheinlich geschätztes Datum, erklärte Shimon Mercer-Wood: »Man trägt den 1. Januar ein, wenn man den genauen Tag der Geburt nicht kennt.« Der Diplomat wusste auch nicht, in welchem Jahr Jacob B'chiri nach Israel ausgewandert war oder ob er Kinder hatte. Er riet mir, die Firma zu finden, die seinen Leichnam übergeführt hatte. »Es gibt nicht viele, die das machen. Jemand hat sie beauftragt. Vielleicht können sie Ihnen dessen Namen geben.«

Die Produzentin geriet in Wallung: »Endlich können wir seinen Familienstand herausfinden. Wir brauchen nur das Pariser Rathaus zu kontaktieren. In ein, zwei Wochen kann alles auf dem besten Weg sein.« Auch sie war vorangekommen. Sie hatte das Projekt einem Sender vorgestellt und einen Regisseur gefunden. Sie empfahl, dass wir zusammen oder vielmehr parallel arbeiten sollten. »Das wird ein zweistimmiger

Schreibprozess.« Auf meine Nachfrage erklärte sie: »Er wird mit etwas sehr Fiktionalem beginnen. Deine Arbeit wird sich dagegen aufs Reale stützen.« Ich fragte sie nicht, wie sie es anstellen wollte, unsere beiden Erzählungen zusammenzubringen. Ich hätte es tun sollen.

Ich entdeckte ihre Mail eines Morgens im Bus. »Können wir uns treffen? Hast du Zeit? Ich habe Infos. Er ist auf der Straße gestorben.« Im Anhang fand ich die von einem städtischen Angestellten ausgefertigte Bescheinigung:

»Am vierundzwanzigsten Mai zweitausendundvierzehn haben wir den Tod unbekannten Datums von Jacques B'chiri festgestellt, wohnhaft in Paris, 9. Arrondissement, Rue Clauzel 21, geboren in Djerba (Tunesien) am 4. Juni 1948, Leiter des gemeinschaftlichen Dienstes, Sohn von Khamaïs B'chiri und Miziana Bittan, beide verstorben. Geschieden von Rosine Fishman. Der Leichnam wurde in Paris gefunden, im 13. Arrondissement, Rue de Patay 53.«

In Frankreich ließ er sich also Jacques nennen, nicht Jacob, und er stammte aus Djerba, wie der Sänger. Aber warum war er, wenn er im neunten Arrondissement wohnte, entfernt von zu Hause gestorben, allein, ohne jeden Zeugen? Das Dokument war von einem Gerichtsmediziner des Hôpital Lariboisière mitunterzeichnet worden, wahrscheinlich nach einer Autopsie, durch die, wie bei zweifelhaften Todesfällen üblich, die Todesursache festgestellt werden sollte.

Mit einem Mal beschleunigte sich alles, wie bei einem Endspurt. Endlich war jemand bereit, mit mir über Jacob zu sprechen. Ein Mann, der selbst unter Zeitdruck stand. Ein Mann, der bedrängt war. Nicht vom Leben. Vom Tod. Einem Tod, der das genaue Gegenteil ist von dem, der die Ewigkeit vor sich hat, einem ungeduldigen Tod, einem Tod, der nicht wartet. Rabbiner Aimé Atlan beschäftigte sich vor dem Tod mit dem Tod. Beim Vorstand der jüdischen Gemeinde von Paris leitete er die *Chewra Kadischa*. Bei unserem ersten Gespräch hatte er meine wirren Erklärungen mit einem »Kommen Sie zum Punkt, was führt Sie her?« unterbrochen. Er kannte die Schwierigkeit, zum Schluss zu kommen, besser als jeder andere.

Er empfing mich in einem Büro mit hoher Decke und gelblichen Wänden, das er mit seiner Assistentin teilte. »Ich hatte Ihre Nummer nicht, sonst hätte ich unseren Termin verschoben«, sagte er, ohne vom Bildschirm seines Computers aufzuschauen. Rabbiner Atlan, gut geschnittener grauer Bart, Brille mit großen runden Gläsern, auf dem Kopf befestigte schwarze Kippa, wurde ständig vom Telefon gestört. Er trommelte mit den Fingern auf den Schreibtisch, während er ein »Ja« nach dem anderen in den Hörer skandierte. Zwischen zwei Anrufen erklärte ich ihm, dass ich mich in den Fluren verirrt hatte. Er lächelte zum ersten Mal. »Sich hier in der Verwaltung zu verirren, ist sehr gefährlich«, sagte er ironisch. Ich zeigte ihm wie den anderen das Album. Er überflog es. »Das ist er, in jünger, und das ist seine Schrift.« Plötzlich wurde er von einem heftigen Hustenanfall gepackt, stand auf und verschwand in einer fensterlosen Abstellkammer. »Er hat gerade einen operativen Eingriff hinter sich«, flüsterte mir seine Assistentin zu, die am Fenster saß. Als er zurückkam, erzählte ich ihm von Jacob, und er verbesserte mich:

»Ich kannte Jacques«, sagte er.

Um mich zu versichern, dass keine Verwechslung vorlag, bat ich ihn, es zu wiederholen. Er seufzte.

»Jacques oder Jacob, das ist doch dasselbe.«

»Was hat er in Ihrer Vereinigung getan?«

»Dasselbe wie ich. Er leitete die Abteilung. Er muss die Stelle etwa zwanzig Jahre ausgefüllt haben.«

Er betonte, wie schwierig ihre Aufgabe war: »Im Judentum muss das Begräbnis so schnell wie möglich stattfinden. Wenn jemand stirbt, muss alles sehr schnell gehen. Die Leute sind in Not. Sie rufen einen Tag und Nacht an, auch an Wochenenden. Ständig bekommt man was ab und muss auf die abenteuerlichsten Fragen antworten. Wir stellen für die Familien den Kontakt zu Beerdigungsinstituten her, die manchmal ... nun ja ... Bestatter sind, Geschäftsleute eben. In einem Wort, es ist nicht leicht.«

Rabbiner Atlan war jemand, der keinerlei Umschweife machte. Er redete über seinen Vorgänger, ohne zu lavieren: »Er war sehr freundlich, sehr hilfsbereit, das hat ihn umgebracht. Er arbeitete pausenlos, pausenlos«, wiederholte er. »Mit ihm hätten Sie dieses Gespräch hier nicht bekommen. Seine Mobiltelefone klingelten alle dreißig Sekunden. Er hatte zwei.

Die Leute machten sich über ihn lustig. Sie sagten zu ihm: ›Warum hast du so viele? Damit man dich anrufen kann?‹ Ich habe nur eines. Am Samstagabend, nach dem Sabbat, habe ich dafür gesorgt, dass ich die Dinge aus der Ferne erledige. Er dagegen kam wieder her.«

Er erzählte mir, dass Jacques, denn so sollte man ihn zu dieser Zeit seines Lebens nennen, regelmäßig in diesem großen, neonbeleuchteten, nüchtern möblierten Raum übernachtet hatte, an dessen Wänden die Farbe verblasst war und in dem es einen kleinen Kühlschrank, aber weder Sessel noch Sofa gab. Seiner Aussage nach war er ein sehr einsamer Mann. »Im Kopf und auch im Leben. Für mich war er ganz und gar nicht für diese Arbeit geschaffen.« Das sagte er in einem Ton, der keinerlei Erwiderung zuließ, wie eine Selbstverständlichkeit. »Schauen Sie, ich, ich hebe null Papiere auf. Er bewahrte die unwahrscheinlichsten Dinge auf. Alles war für ihn …« Er suchte nach einem passenden Wort, aber fand keines.

Und dann, als wollte er abmildern, was er gerade gesagt hatte, zeichnete er das Bild einer »vielschichtigen« Persönlichkeit, eines »Tausendsassas«, der sich fürs Zeichnen wie für die Architektur interessierte. »Er war ein bisschen künstlerisch veranlagt«, fuhr er fort, ohne dass ich wusste, was dieser Ausdruck in seinem Mund bedeutete. Äußerte er ein Kompliment oder eine Kritik?

Unser Gespräch neigte sich dem Ende zu, als er mir verkündete: »Er hat zwei Kinder, ich weiß nicht, ob Sie das wissen.« Ich antwortete, dass ich es nicht wusste, aber dass ich gerne mit ihnen Kontakt aufnehmen wollte. Er bot mir an, in meiner Anwesenheit mit dem Sohn zu telefonieren. Er erreichte ihn ohne Schwierigkeiten und fasste in wenigen Worten die Geschichte für ihn zusammen. Als er auflegte, schien er erleichtert. »David erwartet Ihren Anruf. Man weiß nie. Besser man geht ganz transparent vor, wenn man einen Prozess vermeiden will.« Sein Ton war voller Andeutungen, die mir allesamt entgingen.

DAS ZIMMER, DAS man dir überlässt, dient dir als Werkstatt. Deine Bilder erfordern weder Palette noch Staffelei. Ein Eckchen vom Tisch genügt dir. Du brauchst auch keine Schere. Um deine Papierstreifen zu zertrennen, faltest du sie und zerreißt sie mit einer raschen Handbewegung oder mit Hilfe eines Lineals. Bei deiner Arbeit ziehst du wie auch sonst die Unmittelbarkeit, ja Blitzartigkeit vor. Du trennst die Bilder, ohne dich groß um deren Konturen zu kümmern. Manchmal reißt du sogar das nächste ein. Dann mischst du sie wie die Teile eines Puzzles und ordnest sie in gewollter Unordnung auf einem leeren Blatt an, wobei du auf die Abwechslung von Epochen, Frisuren, Moden und Haltungen achtest.

Du bist dein eigenes Modell. Du platzierst dich immer in der Mitte deines Werks. Wenn du jemanden neben dir zulässt, räumst du ihm nur eine Statistenrolle ein. Du stellst dein Gesicht aus, deinen Oberkörper, manchmal auch deine Hände, große, kräftige und ungeduldige Pranken. Warum anderswo suchen? Ein Mensch ist so gut wie ein anderer, und du bist zumindest schon mal da, verfügbar auf Gedeih und Verderb. Allein gegenüber deinem Spiegelbild versuchst du nicht, dich schöner oder großartiger zu machen. Auch wenn du deine dunkle Brille aufsetzt, deine Pilotenmütze, deine Wollmütze oder deine Militäruniform trägst, du zeigst dich, wie du bist.

Du lächelst? Weil das heiterer ist, ganz einfach! Die Stimmung ist bestens, vor allem dort, wo du jetzt deine Tage verbringst. Du bist Student an einer Universität irgendwo in Europa. Ob auf einem Campus aus Beton oder in einem alten Palast voller Statuen, du hast dir den richtigen Moment ausgesucht. Du gehörst zu den Helden des Tages, jenen, die herumstolzieren und die Menge mitreißen. Du befindest dich auf einer gigantischen, lustigen und chaotischen Kirmes. Um dich herum herrscht ein unendliches Verlangen, etwas zu erschaffen, die Welt zu verändern und die bestehende Ordnung umzustürzen. Die Phantasie ist an der Macht. Die Schönheit wird auf der Straße ausgestellt. Die Kunst gehört allen und alle berufen sich darauf. Du genau wie die anderen.

Du interessierst dich für alles Mögliche. Für Fotografie natürlich, auch für Malerei, Bildhauerei, Zeichnen. Du erfindest Formen, du spielst gern mit Raum und Licht. Angesichts deiner Vorlieben könntest du ebenso gut für Architektur wie für Bildende Kunst eingeschrieben sein. Wahrscheinlich zögerst du. Wie du dich auch entscheidest, du bist mit Leib und Seele dabei. Du reproduzierst auf deine Art das Rimbaud'sche Modell des verfemten Künstlers. Eines Königs ohne Königreich, eines einsamen und tunlichst unverstandenen Genies. Du führst das Leben eines Bohemien, ohne dich um das Morgen zu kümmern. Einen Tag hier, den nächsten dort. Keine feste Adresse, keine Familie in der Nähe. Dein ganzer Besitz passt in einen Koffer. Keinerlei Bindung. Du bist frei.

Und doch, in deiner Kunst bewegst du nichts, du wirst bewegt. Du siehst nicht, du wirst gesehen. Jede Woche überlässt du dich einer Anordnung von Bolzen und Stangen, Zylindern, Klappen und einem Haufen chemischer Substanzen. Du hast dich für eine Fotografie ohne Fotografen entschieden, ein Werk ohne Autor. Du sagst es vielleicht nicht so, zumindest nicht in diesen Worten, und wahrscheinlich hast du noch nichts von Andy Warhol gehört, dessen Spur du folgst, denn Ideen liegen in der Luft wie Pollen, aber wie er willst du eine Maschine sein, willst du dich von jeder körperlichen Aktion lösen, dich von der schönen Geste, vom akademischen Know-how emanzipieren. Du strebst danach, nur noch ein auf einer Platte fixierter Photonenfluss zu sein. Der Werbeslogan der Firma Kodak passt perfekt zu dir: »Du drückst auf den Auslöser, wir machen den Rest.« Du weißt es seit deinem Aufenthalt in Rom: Eine einfache Berührung mit dem Finger kann einen Lebensfunken schenken.

Du betrachtest dich als eine Maschine, die an eine andere Maschine gekoppelt ist. Dem stets trügenden menschlichen Auge ziehst du eine Technik ohne Intervention von außen vor. Du schätzt deren Nüchternheit, die an Askese grenzt, und vor allem ihre Blindheit, ihre kalte Neutralität. Man ahnt, dass du dich anders, manchmal sogar abgelehnt fühlst. Wie alle Menschen, die ein wenig abseits stehen, leidest du unter dem Blick der anderen. Doch dieses Auge hier urteilt nicht über dich, es ist nicht überheblich, auch nicht verächtlich. Es schenkt dir einen intimen Raum, in dem du dich ausdrücken kannst, ein autarkes und schützendes Universum. Ihm gegenüber kannst du tun, was du willst, dich deinen melancholischen Gedanken wie deinen Possen überlassen. Was bedeutet da schon die schlechte Qualität des Papiers, der grobe Abzug, die erwartbare Bildeinstellung, dein Roboter gibt zumindest ein ziemlich treues Bild von dir wieder. Das ist es vielleicht, was dich verführt hat: diese Banalität, die man als Kitsch bezeichnen könnte, die anonyme und vertraute Eintönigkeit.

Du hast ein Instrument der Massenkultur zweckentfremdet, das für jedermann vierundzwanzig Stunden täglich verfügbar ist. Wo du auch wohnst, es gibt immer eines an der nächsten Ecke. Auch ein letzter, praktischer Aspekt darf nicht vergessen werden: Angesichts der Dürftigkeit deiner Garderobe und deiner ständigen Umzüge versteht man, dass du nicht im Geld schwimmst. Die Silberprint-Kabine ist eine Möglichkeit, für wenig Geld und schnell ein Porträt zu bekommen. Du bist eine lebendige Skulptur, die nur vier Francs kostet und in drei Minuten fertig ist. In dieser Geschwindigkeit und zu diesem Preis kannst du ein Massenprodukt werden. Bald wirst du in hunderte von Exemplaren vervielfältigt. Und paradoxerweise wird jedes dieser Fotos einzigartig bleiben, wie das Gemälde eines großen Meisters. Dein Apparat gibt kein Negativ frei. Nur Positive.

Es ist sicher kein Zufall, dass deine Begeisterung für Fotoautomaten in die des Aufschwungs der Body Art fällt. Wie so viele Künstler benutzt du deinen Körper als Material, als Fläche, als zu eroberndes oder zu befreiendes Territorium. Gleich einer Emulsion, in der alles fixiert wird, zeichnet dein Fleisch die vergehende Zeit auf. In deinen Augen ziehen die Orte vorüber, die du besuchst, und die Leute, denen du begegnest. Deine Wunden an der Unterlippe und am Unterleib erzählen von den Traumata, die du erlitten hast. Du führst ein Tagebuch. Ein Körpernotizbuch. Du kehrst ständig vor deinen Spiegel zurück und schaust dir beim Altern zu wie ein Rembrandt. Da du es stets auf die Rückseite deiner Fotos schreibst, sagen es diese immer wieder: »Das bin ich!« Ich als junger Mann, ich als Soldat. Ich als Reisender, Student oder bildender Künstler.

Warum also dieses Versteckspiel? Warum entziehst du dich ständig? Je mehr du dich ausstellst, desto weniger offenbarst du dich. Du bist jedes Mal weder vollkommen derselbe noch vollkommen ein anderer. Du bist es und du bist es nicht. Es könnte irgend jemand sein. Ewige Dialektik von Anwesenheit und Abwesenheit. Du reihst nur Archetypen aneinander, schlüpfst in Klischees. Du scheinst Filmstars zu imitieren, Leute aus dem Fernsehen oder aus Zeitungen. Dein Heft könnte fast als Atlas der männlichen Spezies der 1970er Jahre dienen.

Du bist ein Vorläufer. Du kündigst unsere Selfies an. Ein »*ipse fecit*«. Damals wusstest du zumindest, wo du warst und was du tatest. Von vorn, im Profil oder Dreiviertelprofil vor leerem Hintergrund zeugst du von einer gewöhnlichen menschlichen Einsamkeit.

Du begnügst dich nicht damit, die Omnipräsenz des Bildes in unserer Konsumgesellschaft zu befragen, sondern erkundest auch den Begriff der Identität. Das Selbstporträt führt unweigerlich zur Introspektion, zur Suche nach einer zugleich universellen und einzigartigen Wahrheit.

Um das Bedürfnis zu haben, eine Serie mit deinen Abbildern anzuhäufen, musst du dir selbst beraubt worden sein. Definitionsgemäß sammelt man nur, was man nicht hat. Du nimmst uns mit auf eine ontologische Suche. Wie jeder willst du wissen, wer du bist und woher du kommst. Du hoffst, etwas in dir aufzustöbern, von dem du nichts weißt, ein mit bloßem Auge nicht sichtbares Spektrum, das nur durch den Zauber einer Daguerreotypie wahrnehmbar wäre. Wie jene Ufologen, die mit ihrer Kamera den Himmel beobachten, jagst du dein inneres UFO.

Andere versuchen zu verschwinden, indem sie sich vervielfältigen. Du dagegen versuchst, dich zu rekonstruieren, dich aus der Unendlichkeit deines zerstückelten Bildes wieder zusammenzusetzen. Blitzlicht auf Blitzlicht wirst du, in eine neue Schale gehüllt, wiedergeboren. Jedes deiner aufeinanderfolgenden Gesichter drückt eine Möglichkeit aus, die du in dir trägst.

Hast du dein imaginäres Museum je ausgestellt? Alles spricht dafür, dass du es nicht getan hast. Wer außer deiner Familie, deiner Mutter, deinen Geschwistern hat dein Album aufmerksam lesen und untersuchen können – oder sollte ich sagen, deine Installation, dieses seltsame Objekt, das Bilder, unterschiedliche Materialien und Texte mischt? Wahrscheinlich niemand. Weil du das Handelssystem ablehnst oder weil du eine Art Scham empfindest? Du hast es vergraben oder auch nur hinten im Bücherregal verstaut, verborgen zwischen anderen Büchern, nach dem Prinzip, das Edgar Allen Poe in der Erzählung »Der entwendete Brief« aufgestellt hat – das beste Versteck ist das, das einem in die Augen springt –, damit es eines Tages ausgegraben wird und bezeugt, dass du einst auf dieser Erde gelebt hast. Du wusstest oder ahntest, dass ein eventueller Erfolg nur ein paar Sekunden dauern würde, wie das Blitzlicht, das in deinem Metallautomaten deinen Oberkörper überflutete. Du hast es lieber irgendwo eingeschlossen, in einer Zeitkapsel, auf die Art eines, noch einmal, Andy Warhols. Ein Schatz wird am Ende immer wiederentdeckt.

NACHDEM DAVID MIR zugehört hatte, rief er aus: »Das ist ja unglaublich!« Seine bis dahin ruhige, gesetzte Stimme am Telefon klang auf einmal abgehackt. Als ich meine Tirade wieder aufnehmen wollte, unterbrach er mich mit einem »OK!«, als stoppe er ein Spiel. Er versuchte, sich wieder zu sammeln. »Darf ich Sie fragen, wie das Album in Ihre Hände gelangt ist?« Ich dachte, das hätte ich ihm gesagt. Ich wiederholte es, langsam. Wieder brauchte er einige Zeit. »Ich … Ich bin ein klein bisschen aufgeregt«, sagte er schließlich. Seine Untertreibung rührte mich.

Er war durcheinander, natürlich. Durcheinander, plötzlich jemanden von seinem Vater sprechen zu hören. »Es ist selten, dass seiner gedacht wird«, sagte er bedauernd. Seine Verblüffung rührte auch von etwas anderem her. Dass dies genau in diesem Moment des Jahres geschah. »Es ist bald fünf Jahre her, dass er gestorben ist.« Bald war der 24. Mai, das Datum, das in Ermangelung des genauen Todestages auf dem Totenschein stand. »Zu der Zeit begeben meine Schwester und ich uns gewöhnlich an sein Grab in Beer-Sheva. Aber diesmal wird das schwierig sein.« Ich spürte, dass diese Koinzidenz, an die ich nicht gedacht hatte, für ihn keine war. Er sah ein Zeichen darin. Ein Vorzeichen. Wir beschlossen, uns am übernächsten Tag mit seiner Schwester Shirley zusammen zu treffen. Dann äußerte er die sibyllinischen Worte: »Ich will nicht geheimnisvoll erscheinen, aber Sie sind auf ein Museumsstück gestoßen. Das Leben meines Vaters ist ziemlich museumsreif. Ich bin nicht sicher, ob ich Ihnen alles erzählen kann, denn ich bin nicht sicher, dass ich alles weiß.«

Ich habe nie verstanden, warum man auf Passfotos den Mund geschlossen halten soll. Die von allen offiziellen Instanzen wiederholte Regel gilt seit den ersten Fotoreihen von Alphonse Bertillon, dem Begründer der Kriminalanthropometrie, jener Pseudowissenschaft, die einen Verdächtigen in eine Kartei aufnimmt, ihn anhand seiner physischen Züge demaskiert, entlarvt und sogar seine Gefährlichkeit feststellt, als ob ein bestimmter Ausdruck, ob neutral, streng oder abwesend, die Gesichtserkennung und, mehr noch, das Verstehen eines Individuums erleichtern würde, während es das meiner Meinung nach gerade nicht tut.

Ich erkannte David an dem direkten, ansteckenden, heiteren und zugleich ausgeglichenen Lächeln, das dem seines Vaters glich und das auch er nie abzulegen schien. Er hatte sich nach Feierabend in einem Café in der Nähe seines Büros gegenüber der Église de la Trinité mit mir verabredet. Ich fand ihn an einem Einzeltisch unweit des Tresens. Um die dreißig, sorgfältig gestutzter Bart, lebhafte, leuchtende Augen. Er arbeitete für eine große Beratungsfirma im Bereich Digitalisierung. Er bot mir sofort das Du an.

Ich war neugierig. Er auch. Ich kam mit meinen Fragen. Er hatte seine. Als ich ihm reichte, was er sein »Museumsstück« nannte, stoppte er mich mit einer Handbewegung. Er wollte noch auf seine Schwester warten. »Shirley wird gleich kommen. Sie wohnt nicht weit.« Ich legte die voluminöse Reliquie mit dem vertrockneten, von winzigen Fältchen überzogenen Einband vor ihn auf den Tisch. Sie war noch schwerer als sonst. Er betrachtete sie zum ersten Mal. Er wusste nicht einmal, dass sein Vater sich für Fotografie interessiert hatte. Es war, als entdeckte er ein ganzes Stück seiner Existenz. »Nur zur Information, ich habe keine Porträtaufnahme von ihm aus der Zeit vor meiner Geburt.« Ich spürte, dass seine Erwartung sich mit Sorge mischte. Er schien sich davor zu fürchten, was er in diesem aus dem Jenseits aufgetauchten Gegenstand finden würde.

»Ich glaube nicht an den Zufall!«, sagte er und zeigte mir seinerseits ein dickes Heft mit Moleskin-Einband. Vor meinen Augen ließ er Seite um Seite voller fünfunddreißig mal fünfundvierzig Millimeter großer schwarz-weißer Rechtecke defilieren. Passfotos. Von ihm. Von seiner Lebensgefährtin, die er ein paar Monate später heiraten würde. Von ihren beiden kleinen Kindern. David erzählte, dass sein Vater sich für die Psycho-Genealogie begeistert hatte, eine Theorie, der zufolge unsere merkwürdigen oder unerklärlichen Verhaltensweisen, unsere häufigen Missgeschicke oder Krankheiten Reflexe von Traumata sind, die unsere Vorfahren erlebt und zumeist unbewusst an die folgenden Generationen weitergegeben haben. »Er hatte vielleicht nicht unrecht damit!«, sagte er. Und ich war nicht weit entfernt, dasselbe zu denken.

Shirley erschien, außer Atem. Lockiges Haar, aschblond, in einer marineblauen Latzhose mit vielen Taschen, ein warmherziges, ausdrucksstarkes Gesicht. Sie entschuldigte sich für ihre Verspätung. Ihre drei Kinder waren noch klein und sie hatte auf die Babysitterin warten müssen. Sie schlug vorsichtig das Album auf, hob den Umschlag mit den Fingerspitzen an.

»Kein Zweifel, das ist seine Schrift«, rief sie, als sie die Etiketten sah.

David betrachtete die rechte Seite und blieb an einem der ersten Bilder hängen, dem eines bärtigen jungen Mannes mit dichtem Haar, dessen Gesicht vor Vitalität und innerer Freude strahlte.

»Auf jeden Fall ähnelt er mir!«
»Das ist er in deinem Alter.«

Seine Schwester warf David einen zärtlichen Blick zu. Er blätterte zurück, entzifferte Adressen, zählte einige Namen auf.

»Gisèle, Danny, die leben noch! Nissim, das sagt mir was.«

Die Leute um uns herum hatten begonnen, lauter zu reden. Es war Apéro-Zeit. Gläserklirren, Gelächter, Gesprächsfetzen überdeckten unsere Stimmen und zwangen uns, näher zusammenzurücken. Shirley stieß einen Schrei aus:

»Er raucht! Mich hat er dafür bekriegt und behauptet, er hätte nie eine Zigarette angerührt.«

Sie schluchzte leise in ihre Serviette.

»Natürlich hat er geraucht«, versicherte ihr Bruder und wischte sich seinerseits eine Träne ab.

Er legte ihr einen Arm um die Schulter und blätterte weiter.

»Die Krawatte hab ich noch! Den Mantel auch …«

Nach und nach gewann David die Fassung wieder. Wie ein Kletterer, der auf Vertiefungen und Vorsprünge angewiesen ist, um nicht abzustürzen, suchte er nach Halt. In diesen modischen Details fand er Nichtigkeiten, die ihm halfen, Vergangenheit und Gegenwart miteinander zu verbinden, dort, wo Unbekanntes herrschte, Vertrautes einzubringen.

»Den Ring habe ich irgendwo gesehen.«

Hatte Jacob diesen Schwarz-Weiß-Dialog vorausgesehen? Es wirkte, als spräche er seine Kinder mittels der Bilder an. Es war, als versuchte er, ihnen etwas zu sagen, was er zu Lebzeiten nicht hatte ausdrücken können.

»Er war sehr zurückhaltend«, flüsterte seine Tochter. Sie betrachtete eines der letzten Fotos, auf dem er, gleich dem Spiel der ineinandergeschachtelten russischen Puppen, mit dem sepiafarbenen Porträt einer orientalisch gekleideten älteren Person in der Hand posierte. »Das ist sein eigener Vater! Das ist Khamaïs!« Der Mann, dessen Tod im Alter von fünfzig Jahren das Schicksal einer ganzen Familie besiegelt hatte.

In ein paar Sätzen schilderten Bruder und Schwester das Unglück der B'chiris. »Wir kennen die Einzelheiten nicht«, sagte Shirley. »Alles, was wir wissen, haben wir von unseren Cousins.« Ihr lakonischer, fragmentarischer Bericht voller Zweifel und Zögern ließ sich in einem Wort zusammenfassen: Verlust. Ein Trauerfall, Deklassierung, dann das Exil und die entsprechende Leere. Jacob war ein Waisenkind, seinem Land entrissen, weit von den Seinen aufgewachsen. David musste sich wieder fangen: »Seine Geschichte ist die Geschichte einer Entwurzelung.«

Um den Schock zu ermessen, den Jacob erleben wird, muss man sich vorstellen, woher er kommt. Von einer palmen- und olivenbaumbestandenen, von zephyrischen Winden gestreichelten Sandbank. *Djerba la douce,* das liebliche Djerba, wie es in den Tourismusprospekten immer wieder heißt, ein flaches Land, frei von jeder Erhebung, das, aus der Luft betrachtet, einer Hand ähnelt, die die Finger zum Kontinent ausstreckt. Eine glücksbringende Hand. In diesem von Untiefen umgebenen Refugium leben Juden seit Jahrhunderten friedlich mit ihren muslimischen Nachbarn zusammen. Zu dem Zeitpunkt, als unsere Geschichte beginnt, erreicht ihre Anzahl den Höhepunkt. In den folgenden Jahrzehnten wird sie nur noch abnehmen, abhängig von den israelisch-arabischen Kriegen und den Schüben von Hass und Gewalt, die sie auslösen.

Ende der 1940er Jahre leben auf Djerba, zusammengeschweißt um ihre jeweiligen Rabbiner, fast 4500 Juden in zwei wenige Kilometer voneinander entfernten Orten im Inselinneren: in Hara Sghira und Hara Kebira, im großen und im kleinen »Viertel«, ein Begriff, der im tunesischen Dialekt dem Ghetto entspricht, jedoch ungeeignet ist. Besser man spräche von *Shtetl*, wollte man die beiden Flecken mit den gewundenen Gassen beschreiben, zwei zugleich rivalisierende und miteinander verschränkte Welten. Jedes Dorf zählt mehrere Synagogen, ein Gemeindebad, große Friedhöfe und *Cheder*, in denen den Jungen – Mädchen sind davon ausgeschlossen – Hebräisch und die Thora beigebracht wird. Und dann gibt es da Brick- und Krapfenverkäufer, den Ofen, der die Mahlzeiten für den Sabbat warm hält, den Beschneider und den Spezialisten für die rituelle Schlachtung, wobei die beiden Funktionen bisweilen von ein und derselben Person ausgeübt werden. Dazu kommen noch Schmiede, Schneider, Schuster, Juweliere ... Fromme Leute, oft bettelarm, die noch Weste, Pluderhose und Chechia tragen, während ihre Glaubensbrüder in Tunis seit langem die westliche Kleidung übernommen haben. All das erfuhr ich später aus Büchern oder Zeitschriften.

Jacob kommt in einem Kokon zur Welt, einem geschlossenen, schützenden Raum, nicht nur auf einer Insel, sondern innerhalb einer sich abkapselnden Gemeinschaft, einer Insel innerhalb der Insel. Sein Vater heißt mit Vornamen Khamaïs, wörtlich »Die Fünf«, die Zahl der Finger einer Hand. Er hat in vorgerücktem Alter jemanden sehr viel Jüngeres zur Frau genommen, Miziana. »Sie war 13, als er sie heiratete«, hatte

Shirley empört gerufen. Auf Djerba verlassen die Frauen nicht den abgeschlossenen Bereich des Hauses, und die Geburten reihen sich pausenlos aneinander, Jahr für Jahr. Bald haben sie fünf Mädchen und vier Jungen. Glücklicherweise leben sie in relativem Wohlstand. Khamaïs besitzt eine Autowerkstatt und sein Geschäft läuft gut. In dieser traditionellen Gesellschaft verkörpert er die Moderne: Autos, Straßen, Geschwindigkeit, alles Symbole, die von der Kolonialmacht gepriesen werden. Trotz seiner Ehe mit einem jungen Mädchen, das gerade einmal in der Pubertät ist, zeigt er eine gewisse Offenheit und zögert nicht, sich den Geistlichen zu widersetzen, die eine weltliche Erziehung verteufeln. Sein dritter Sohn, Jacob, gehört zu den wenigen jüdischen Kindern, die die französische Schule in Houmt Souk, der Inselhauptstadt, besuchen. Zu der Zeit heißt er nicht Jacob, auch nicht Jacques, sondern Zakine, auf Arabisch »der Alte«, ein weiterer Spitzname, der das Neugeborene vor dem bösen Blick schützen und ihm ein langes Leben voraussagen soll. Am Ende wird er mehrere Leben haben, jedes unter einem anderen Vornamen.

Sein erstes Leben endet mit neun Jahren. Am 17. Mai 1957 stirbt Khamaïs unerwartet. An einem Herzinfarkt, sagen einige. Bei einem Autounfall auf einer Ausflugsfahrt mit Freunden, sagen andere. Die letzte Version sorgt bis heute für Kontroversen, denn das Drama ereignet sich mitten während Lag baOmer, einem Fest zum Gedenken an den großen Mystiker Schimon bar Jochai, den Verfasser des *Zohar*, dem Buch des Glanzes. Ein großes Ereignis auf Djerba, das Anlass zur Pilgerreise zu La Ghriba ist, einer der ältesten und heiligsten Synagogen Nordafrikas. An einem solchen Tag setzt man sich nicht ans Steuer, schon gar nicht, um mit Freunden zum Kartenspielen zu fahren.

Zu der Zeit erwartet Miziana ihr zehntes Kind. In ein paar Monaten wird sie ihren letzten Sohn, Moshe, zur Welt bringen. Sie ist noch schwanger, als sie das Haus der Familie verlässt. Von einem Tag auf den anderen steht sie enterbt und ihres Besitzes beraubt da. Durch wen? Aus welchem Grund? Wie? »Wir wissen es nicht genau«, erklärte Shirley. »Unsere Großmutter war Analphabetin, es war einfach, sie vor die Tür zu setzen.« In einem Tunesien, das gerade seine Unabhängigkeit erlangt hat, fängt die junge Witwe bei null an. Diese politische Umwälzung, die voll von Hoffnung ist, aber für die jüdische Bevölkerung auch voll bleierner Ungewissheit, wird ihre Verzweiflung noch verstärkt haben. Die junge Mutter ist unfähig, ihre große Nachkommenschaft allein großzuziehen, und beschließt, Jacob nach Israel zu schicken. Sie vertraut ihn der Agentur an, die die Auswanderung der Diaspora-Juden organisiert. Warum er? Weil er auf diese Weise hoffen kann, seine Schulbildung fortzusetzen? Im Märchen ist es häufig der dritte Sohn, der das Abenteuer sucht und die Ozeane überquert. Wie alt ist er? David wusste es nicht. »Elf, zwölf«, vermutete seine Schwester.

Kein Foto verewigt seine lange Reise. Ich kann mir nur vorstellen, wie er sich auf der Fähre, die Djerba mit dem Festland verbindet, auf die Reling stützt, während er zusieht, wie seine Welt zu einem einfachen grauen Strich auf der Wasseroberfläche wird, und wie er dann hinten auf einem Lastwagen sitzt, auf dem Weg nach Norden, staubbedeckt, und die Kilometersteine zählt, um sich die Zeit zu vertreiben oder um die Entfernung zu ermessen, die ihn von den Seinen trennt. Von Tunis aus schifft er sich zwangsläufig nach Marseille ein, nimmt ein weiteres Schiff nach Israel und erreicht schließlich einen Ort, der mit nichts vergleichbar ist, was er bisher hat kennenlernen können. Aller Wahrscheinlichkeit nach eine große, von Zäunen umgebene Farm. Niedrige Gebäude mit roten Dächern, ein Wachturm, ein Wasserturm, Traktoren und Scheibenpflüge, die unter einem Dach abgestellt sind, Schuppen voller Düngersäcke und Ölfässer. Ich vermute, am stärksten ziehen die Jungen und Mädchen seine Aufmerksamkeit auf sich. Sonnengebräunte, sportliche Jugendliche beiderlei Geschlechts in Stiefeln und knappen Shorts, die miteinander verkehren, ohne die Miene zu verziehen, als wäre das alles ganz selbstverständlich.

Er wurde von einem »Kibbuz« aufgenommen, erklärte Shirley mir. Dort würde er seine Jugend verbringen. In dem Moment war sie nicht in der Lage, mir zu sagen, wie die verlief, auch nicht, wie ihr Vater einen solchen Umsturz erlebt hatte. Die Feldarbeit, der Gemeinschaftsessraum, der Schlafsaal, das Gefühl der Einsamkeit, wenn die anderen Kinder abends nach dem Duschen zu ihren Eltern zurückkehren, die stürmischen Versammlungen und die immer wieder eingehämmerten Aufforderungen, mit der Vergangenheit Tabula rasa zu machen, die eigene Kultur, Tradition, Sprache zu vergessen, vor allem, wenn diese der des Feindes gleicht, und zu einem neuen Menschen zu werden, einem Ackerbauer-Soldaten, einem Pionier mit einer neuen Identität, einem neuen Vornamen: Jacob, oder besser gesagt Yaaqov. Nein, ganz offenbar hatte ihr Vater ihnen auch von all dem nichts erzählt.

»Und als er die Uniform trägt – in welchem Jahr sind wir da?«, habe ich gefragt.

»1967«, antworteten beide im Chor.

Anders als ich dachte, ist er kein einfacher Wehrpflichtiger. Seinen Dienst leistet er in der Golani-Brigade. Als ich Shirley den Namen einer der berühmtesten Brigaden Israels aussprechen hörte, war ich verblüfft. Ich hatte ihn mir nicht in einer Kampfeinheit und schon gar nicht in einem Korps vorgestellt, das noch heute als Talentschmiede für die Spezialeinheiten dient. Jacob ist Infanterist. Er nimmt am Sechstagekrieg teil und sicherlich auch an dem geheimeren, untergründigeren Kampf, der gleich anschließend gegen die palästinensischen Fedajin geführt wurde. Sein Schmiss an der Unterlippe stammt von einem Granatsplitter. Bei der Explosion hat er zwei Backenzähne verloren. Lange Zeit wird er eine Zahnspange tragen. Die schlimmsten Folgen bleiben unsichtbar. Seine Kinder waren fest davon überzeugt: Er litt an einer posttraumatischen Belastungsstörung. Die Symptome davon hatte er alle: seine Ängste, sein Schweigen, seine Abkapselung.

»Lange Zeit hat er kein Blut sehen können«, betonte seine Tochter.

Und doch möchte er nach seinem dreijährigen Militärdienst in der Armee bleiben. Er träumt davon, Jagdflieger zu werden. Seine Versuche scheitern. Trotz dem abgeleisteten Dienst erfüllt er nicht die erforderlichen Voraussetzungen. Er ist sehr verbittert darüber und führt die Ablehnung seiner Bewerbung auf seine Herkunft, seinen arabisch klingenden Familiennamen, seine dunkle Haut zurück. Ob begründet oder nicht, seine Wut spiegelt die vieler junger Sepharden wider, die zu jener Zeit in Israel nicht mehr als Bürger zweiter Klasse behandelt werden wollen und die Ausgrenzung anprangern, die sie durch das aschkenasische Establishment erfahren. Nach der Entlassung aus der Armee studiert Jacob an der Hebräischen Universität in Jerusalem und beschließt sehr bald, woanders hinzugehen.

1970 landet er in Marseille und beginnt ein Studium der Bildenden Künste, bevor er nach Paris zieht und zur Architektur wechselt. Parallel dazu arbeitet er – wenn schon nicht Pilot – beim Bodenpersonal der Gesellschaft El-Al, was er nutzt, um in der ganzen Welt herumzureisen. Der Rest passt in wenige Worte. Seine Heirat mit Rosine Fishman. »Eine Aschkenasin und ein Sepharde! Wir sind das Produkt einer perfekten Mischung«, verkündete Shirley. Dann ihre Scheidung. Eine schwierige Trennung, gespickt mit gegenseitigen Vorwürfen. Und zwischen den beiden Ereignissen, die ein Vierteljahrhundert trennt, ein verzehrender Beruf, der allen Raum einnimmt und an Besessenheit grenzt. Noch ein Rätsel. Jacob hätte Architekt sein sollen. Doch als er sein Examen in der Tasche hat, ändert er zum x-ten Mal den Kurs. Er will sich für seine Gemeinde einsetzen. Nachdem er Hebräisch unterrichtet und sich sozial engagiert hat, übernimmt er die Leitung der *Chewra Kadischa*, der Beerdigungsgesellschaft.

»Es war ein heiliges Amt. Die Toten haben uns unseren Vater gestohlen«, erklärte David. Ein ständig klingelndes Telefon, kein Wochenende, geopferte Ferien, freudlose Tage und schlaflose Nächte. »Am Ende war er sogar über Kreuz mit den Leuten vom Gemeindevorstand. Deshalb bin ich erstaunt, dass die Sie an uns verwiesen haben.«

»Die letzten zehn Jahre seines Lebens waren ziemlich düster«, bekannte seine Schwester. »Dabei hatte er, das sehen Sie ja auf seinen Fotos, etwas Strahlendes, Sonniges, von Grund auf Gutes.«

Ich fragte mich, ob auch er früher dieses Café besuchte. Seiner Einsamkeit überlassen, war er ein paar Schritte von hier eingezogen. In einen ehemaligen Laden, der nach seinem Tod leergeräumt werden musste, wie immer in solchen Fällen. Seine Kinder entdeckten ein Chaos, ein unzugängliches Durcheinander, eine Ansammlung verschiedenartigster Gegenstände, Zeitungsstapel aus allen Epochen, die bis zur Decke reichten.

»Wir mussten Berge von Büchern und Papierkram wegschieben, um reinzukommen«, erinnerte sich David. Am Ende litt er am Diogenes-Syndrom. Er warf nichts weg. »Er sagte: ›Eines Tages mach ich daraus noch was.‹ Nachdem wir Dutzende von Containern gefüllt hatten, haben wir mit dem Sortieren aufgehört und die Müllabfuhr gerufen.« Shirley fügte abschließend hinzu: »Irgendwann konnten wir nicht mehr und das hat uns daran gehindert zu trauern.«

Mit allem anderen wurde auch das Album weggeschafft. Warum hatte Jacob ihnen dessen Existenz verschwiegen? Und was hatte es mit seinen zahllosen Adressen, seinen unaufhörlichen Wohnungswechseln auf sich? Was tat er in Rom, Lyon, Genf, Sankt Gallen oder Basel? »Ja, es gibt ein Geheimnis«, räumte Shirley ein. »Sein Leben barg viele Geheimnisse, die selbst unsere Mutter nicht erhellen kann«, gestand David, bevor wir uns trennten. Sein Vater war um die ganze Welt gereist, aber niemals wieder nach Tunesien zurückgekehrt.

Sichtlich verärgert empfing die Produzentin mich in ihrem Büro. Es brachte sie in Rage, dass sie das erste Treffen mit den Kindern Jacobs nicht hatte filmen können. Die Idee dazu war am Tag vor meinem Treffen Gegenstand einer Nachricht mit dem Betreff »Nachtgedanke« gewesen. Getäuscht vom Betreff, hatte ich geglaubt, es handelte sich bloß um einen Vorschlag. Ich hatte ihr geschrieben, dass ich das für verfrüht hielte. Wenn bei Ihnen überraschend ein Fremder auftauchen und Ihnen auf einem Flohmarkt gefundene Fotos Ihres Vaters zeigen würde, Jugendfotos, von deren Existenz Sie nichts wüssten, und er dabei eine Kamera und ein Mikrophon auf Sie richten würde, um Ihre Reaktionen und zwangsläufig gemischten Gefühle aufzuzeichnen, mit der Absicht, die Bilder im Fernsehen auszustrahlen, möglichst zur besten Sendezeit – wie würden Sie da reagieren? Für mich persönlich weiß ich das: eher schlecht. Sie hatte mir nicht geantwortet.

Zwei Wochen später setzte sie meinen Diensten ein Ende. »Der Regisseur muss sich die Geschichte neu zu eigen machen«, erklärte sie. »In diesem Stadium ist es das Wichtigste, dass er die Kinder trifft. Wenn wir später einen Ermittler brauchen, dann kommen wir vielleicht auf dich zurück.« Sie bat mich, ihr das Album zurückzugeben und die Kontaktdaten von David zu nennen. Auf meine literarischen Bestrebungen sollte ich verzichten. Sie hatte den »Stoff« verkauft oder stand kurz davor. »Der Sender zwingt uns eine Vertraulichkeitsklausel auf.« Ich gab ihr Jacobs Buch zurück, das erneut unter einem Mantel des Schweigens verschwand.

KENNST DU PETER Schlemihl? Auch ohne seine Geschichte gelesen zu haben, bist du ihm zwangsläufig schon begegnet. Wir alle sind ihm einmal begegnet. Auf Jiddisch ist der *Schlemiel* der Unglücksrabe, der arme Kerl, der Pechvogel, der König aller Patzer, der, dem nie etwas gelingt. In Chamissos Kunstmärchen zeigt sich der ewige Verlierer in Gestalt eines jungen Reisenden, eines mittellosen Wanderers mit wenig Gepäck. Kaum ist er in einem unbekannten Hafen an Land gegangen, trifft der höfliche, unauffällige Junge auf einen alten Mann in grauem Mantel. Dieser bietet ihm einen seltsamen Handel an: einen magischen Geldbeutel, der nach Belieben Goldmünzen spendet, im Austausch gegen nichts oder fast nichts. Er will dafür nur seinen Schatten. Wie soll man einem solchen Angebot widerstehen? Ein unbegrenztes Vermögen für eines der flüchtigsten, ungreifbarsten Dinge. Ein Stück Dunkelheit.

Der Teufel – denn um ihn handelt es sich natürlich – hat keinerlei Schwierigkeit, sein Opfer zu überzeugen. Der Handel ist geschlossen, er bückt sich, hebt den Umriss des jungen Mannes wie ein gewöhnliches Stück Stoff auf, faltet ihn zusammen, steckt ihn ein und verschwindet damit. In dem Moment merkt Peter Schlemihl nicht, was mit ihm geschieht. Es sind die anderen, die ihm begreiflich machen, was für eine Amputation er gerade erlitten hat. Wohin er auch geht, ruft er

Unglauben und Entsetzen hervor. Er hat seinen Doppelgänger verloren, den unförmigen Gefährten, der seine Schritte begleitete. Einem Gespenst gleich besitzt sein Körper kein Abbild mehr. Dieser Junge, der bereits vor dem Missgeschick unter seiner Unauffälligkeit litt, wirft keinerlei Reflex mehr auf den Boden. Von allen Seiten wird er verhöhnt und zurückgewiesen und lebt von nun an eingeschlossen in seinem Zimmer. Er empfängt niemanden und geht nur nachts aus dem Haus. Er ist zum Paria geworden und träumt davon, wieder wie alle zu sein, das heißt verloren in der Masse, unsichtbar, nicht indem er sich verschanzt, sondern indem er sich selbst ergänzt. Um das zu erreichen, muss er jene Verlängerung seiner selbst wiederfinden, den Beweis seiner Zugehörigkeit zur Welt der Lebenden.

Der Autor, Adelbert von Chamisso, hat große Ähnlichkeit mit seiner Figur. Wie sie ist er ein Mann ohne Schatten. Er wurde 1781 in der Nähe von Reims geboren und entstammt einem lothringischen Adelsgeschlecht. Vertrieben im Zuge der Revolution, fand seine Familie wie viele französische Aristokraten Zuflucht in Deutschland. Als Napoleon die Rückkehr der Emigranten erlaubt, entscheidet sich Chamisso, in seiner Wahlheimat zu bleiben. Er leistet seinen Dienst in der preußischen Armee ab, leitet dann den Botanischen Garten in Berlin, veröffentlicht Gedichte, verkehrt in den Kreisen der Romantiker und freundet sich mit Heinrich Heine und E.T.A. Hoffmann an, fühlt sich aber, nach eigener Aussage, nirgends zu Hause und trachtet nur danach, durch die weite Welt zu wandern. »Ich bin überall fremd«, ruft er. »Ich will zu viel erfassen. Alles entgleitet mir. Ich bin unglücklich!« Seine Fabel, die er in einer Phase großer Verunsicherung schreibt, spiegelt die Qualen eines Jahrhunderts, das vom Aufschwung des Individualismus geprägt ist, vom Bedürfnis nach Autonomie, nach Ruhe und Anerkennung, nach Auszeichnung. Peter Schlemihl verkörpert den Konflikt unserer modernen Gesellschaften, in denen jeder bemerkt und zugleich unbemerkt sein will, einzigartig und wie alle anderen.

Sicher fragst du dich, warum ich dir das alles erzähle. Dein Leben ist keine phantastische Erzählung, und ich werde mich hüten, dich als *Schlemiel* zu bezeichnen oder dir irgendein anderes Epitheton zu verleihen. Aber eure Schicksale haben eine Gemeinsamkeit.

In deinem Automaten, das haben wir schon oft wiederholt, wechselst du kontinuierlich die Identität, reihst Rolle um Rolle aneinander, du sammelst Avatare, all jene, die du hättest sein können, aber nicht bist. Du lotest Möglichkeiten aus, die du in dir trägst und projizierst etwas Intimes, das in deinem tiefsten Inneren vergraben ist. Vielleicht gibst du auch Hinweise auf manche deiner eigentlich geheimen Aktivitäten, und vereinst geduldig all deine Zwillingsbrüder, diese ganze Ersatzfamilie, in einer Sammlung, die du niemandem zeigst, nicht einmal deinen Kindern. Allmählich wirst du verstehen, worauf ich hinauswill. Dein Fotoalbum, diese dich überlebende Spur, ist deine Schattenseite.

Im Gegensatz zu Peter Schlemihl hast du diesen Schatten nicht einem faustischen Pakt unterworfen, ihn nicht einmal verloren oder aufgegeben. Du hast ihn ängstlich gehütet, inmitten deines Durcheinanders verborgen. Und eines Tages ist er, deiner Anwesenheit beraubt, von dir abgetrennt, wie ein mottenzerfressener alter Stoff mit dem Sperrmüll weggebracht worden. Du hast ihn nicht verkauft. Er wurde gekauft. Nachdem er von Hand zu Hand ging, ist er schließlich in den Warenkreislauf gelangt. Er wurde zu einem Handelsgut. Dann zu einer Idee, zum Ausgangspunkt eines Kunstwerks und schließlich zu einem Streitfall.

Sicher weißt du die bittere Ironie der Situation zu schätzen. Man holt dich aus der Anonymität, um sich besser um dein Bild zu streiten. Die Passfotos, die du zusammengetragen hast, die Orte, die du besucht hast, sind von nun vertrauliche Elemente. Was nichts als eine unbeständige und schwer zu fassende Gestalt war, wird zu einem Geschäftsgeheimnis zwischen zwei unterzeichnenden Parteien. Selbst deine Gesichter, die seltenen Porträts, die noch von dir als Zwanzigjährigem vorhanden sind, gehören dir nicht mehr. Jeder, der sie ohne Erlaubnis verbreitete, machte sich strafbar.

Du bist nur noch ein Schatten deiner selbst, ein Stoff, der sich beliebig falten lässt, die Grundlage für ein Projekt, das mittels eines zugkräftigen und schlagenden Pitchs in ein oder zwei Sätzen zusammengefasst werden kann. Bald wirst du Anrecht auf ein umfangreicheres Dossier haben, nach Möglichkeit ergänzt durch eine Synopsis und ein erstes Exposé. Ein nicht allzu langer Text, der so verfasst ist, dass er Sendeanstalten und Programmleiter verlocken kann und in ein Programmschema passt, einer redaktionellen Linie und vor allem den Erwartungen eines Publikums entspricht. Schließlich wirst du in Einstellungen, Takes, zerteilt und, wer weiß, vielleicht wird ein junger Schauspieler, aufgrund seiner Ähnlichkeit mit dir in jenem Alter, deine Rolle spielen.

Die dunkle Seite, die du erforscht hast, ist nun geschützt durch Verträge, Copyrights, Briefe mit Empfangsbestätigung, Gerichtsvollzieher, Anwälte, eine ganze Juristerei, die sich dir wahrscheinlich entzieht. Und wenn es denn sein muss, wird dein Schatten noch zu einem Beweisstück. Zu einem Beweisstück, das bis zum Tag eines möglichen Gerichtsverfahrens versiegelt in einer Plastikhülle verschlossen bleibt.

Aber kannst du überhaupt von irgendjemandem beansprucht werden? Kann man sich deine Geschichte »zu eigen machen«? Dein Leben oder deinen auf einem Markt gelandeten Doppelgänger kaufen und daraus machen, was man will? Wie jeder Mensch lässt du dich nicht verdinglichen, du entziehst dich. Niemand kann dich begreifen, nicht einmal deine Angehörigen, in dem Sinne, dass Begreifen bedeutet, zu greifen, zu erfassen, etwas an sich zu nehmen und folglich zu ändern, jemand anderen nach seiner Vorstellung neu zu erschaffen. Das Besondere an dir ist das, was sich nicht reduzieren lässt, das, was sich der Darstellung entzieht oder über sie hinausgeht. Du bist und bleibst immer ein Rätsel. Eine Frage ohne Antwort.

Man kann sich dir nur annähern, dich durch ein Schlüsselloch betrachten, deinen Schritten folgen, sich vorstellen, was du gewesen sein magst, hier und da nicht überprüfbare Gerüchte, überlieferte Worte, unsichere Anekdoten aufschnappen und mit all dem versuchen, dich wieder zum Leben zu erwecken, mit kleinen Pinselstrichen, vielfältigen Hypothesen, ohne zu versuchen, die Leerstellen zu füllen, denn im Gegenteil, nur durch deutliches Zeigen dieser Leerstellen, dieser Brüche, mittels einer willentlich lückenhaften Erzählung kann es gelingen, denn es gilt bei allem, dein Recht auf Unergründlichkeit zu respektieren, auf diesen Teil von dir, der sich nicht von Licht durchdringen lässt, der undurchdringlich ist und es bleiben muss.

DER GESANG DES Muezzins riss mich aus unruhigem Schlaf. Ich sprang auf, ungeduldig herauszufinden, wo ich mich befand. Ich ging zum Fenster, schob den Vorhang beiseite und entdeckte zwischen schmiedeeisernen Voluten den malvenfarbenen Blütenregen einer Bougainvillea. Das Zimmer, das ich bewohnte, ging auf einen kleinen, abgetrennten Garten hinaus. Zwei Liegestühle standen vor einem langgezogenen, mit blassem Wasser gefüllten Swimmingpool. Eine Seitentür führte zu einem leeren, sandfarbenen Innenhof. Hintereinandergereihte ebenerdige Räume umgaben ihn auf drei Seiten. Einige von ihnen waren verschlossen. Von der Küche ging es in einen dunklen, orientalisch möblierten Salon. Außer mir war niemand anwesend.

Der Ort war schön, ohne protzig zu sein. Ich schaute mich darin um und inspizierte jeden Winkel wie ein Hamster in seinem Käfig. Ich würde für eine Weile nicht mehr von hier fortkönnen. Entsprechend den zu diesem Zeitpunkt in Tunesien geltenden Hygienevorschriften musste ich mich zwei Wochen lang isolieren, wobei die Frist um die Hälfte verkürzt werden konnte, sobald man einen negativen Coronatest vorwies. Außerhalb des Gebäudes markierte ein vor einem Metalltor endender Kiesweg die Grenze meines Lazaretts.

Ich wusste mir nicht zu helfen. Es gelang mir weder, mich räumlich zu orientieren, noch konnte ich mir vorstellen, wie die umliegenden Straßen aussehen mochten. Ich war am Abend zuvor in Djerba angekommen, eine Stunde vor der Ausgangssperre. Nachdem das Taxi durch eine menschenleere, in Dunkelheit gehüllte Stadt gerast war, hatte es mich am Ende einer Straße abgesetzt, die für mich wie eine Sackgasse aussah. Ein Nachbar erwartete mich mit den Schlüsseln. Wegen der Pandemie war das Haus seit einem Jahr unbewohnt und ohne Licht, war hinter geschlossenen Fensterläden sozusagen mumifiziert. Eine in Paris lebende Freundin hatte es mir sehr liebenswürdig zur Verfügung gestellt. Es war in der traditionellen arabischen Architektur erbaut, eine kleine, von der Außenwelt abgeschottete Festung, voller Schlösser, umgrenzt von fensterlosen Mauern und vor allen neugierigen Blicken geschützt. Ideal, um sich vollständig zurückzuziehen.

Zur immer gleichen Zeit ging ich in meinem quadratischen Hof spazieren, betrachtete den blauen Himmel oder beobachtete die gewundenen Ameisenstraßen auf dem Steinboden. Ich übte mich darin, die Vögel zu bestimmen, die sich in der einzigen Palme des Gartens niederließen, und versuchte vergeblich, mich mit einer Bachstelze anzufreunden, die zu den Stammgästen des Ortes zu gehören schien. Eines Vormittags kletterte ich in der Hoffnung, das Meer betrachten zu können, das nicht weit sein konnte, auf das Kuppeldach. Ich balancierte auf meinem Kap und sah nichts als mit Satellitenantennen gespickte weißgetünchte Terrassen und mitten darin die Leuchtreklame eines Supermarkts. Noch immer keine Menschen in Sicht.

Aus dem Gefüge der Stadt drang nur der Lärm zu mir. Das flüchtige Gleiten eines Autos über den Asphalt, Hammerschläge, das Dröhnen einer Bohrmaschine, die Sirene eines Krankenwagens … Jedes Geräusch hob sich mit kristalliner Klarheit ab, wie in einer Winternacht. Wenn Sie eingesperrt sind, weitet sich alles. Die Welt wird zum fraktalen, unendlich zerstückelten Objekt. In der Abkapselung steigern sich die kleinsten Emotionen, und die Angst, gegen die Sie angekämpft haben, kommt am Ende zurück.

Die Wendung, die die Ereignisse genommen hatten, hatte mich zutiefst getroffen. Fast ein Jahr lang hatte ich nichts zu tun gewagt. Immer wieder dachte ich an all die Fotos, die ich mir hartnäckig und vergeblich angesehen hatte. Da hatte ich nun mit meinen Fragen gestanden, meinen Notizen, meinem unvollendeten Manuskript, Seiten über Seiten, die nur noch weggeworfen werden konnten. Ich schwankte zwischen Traurigkeit und Wut. Noch nie zuvor hatte mich jemand am Schreiben gehindert oder daran, eine Recherche zu Ende zu führen. Von der Aussicht auf einen Konflikt gelähmt, versuchte ich, zu etwas anderem überzugehen. Ich fürchtete, dass ich des Diebstahls oder des Betrugs beschuldigt werden könnte. Ich empfand ein schreckliches Gefühl der Unrechtmäßigkeit. Mit welchem Recht darf man von einem Leben erzählen, das nicht das eigene ist und auf das andere ein Auge geworfen haben? Das Hochstapler-Syndrom ließ mich nicht mehr los.

Seltsamerweise verfolgte die Geschichte mich immer weiter. Warum erschien mir dieser Unbekannte so vertraut? So nah? Sein künstlerischer Ansatz – wenn man ihn so nennen kann – erinnerte an die Arbeiten meines Onkels, des bildenden Künstlers, zu Identitätssuche und Identitätsverlust. Der Mann ließ mich auch an meine Mutter denken, eine verschlossene Frau, die mir kein Album, aber eine Reihe von Romanskizzen vererbt oder vielmehr in ihrer in eine Müllhalde verwandelten Wohnung hinterlassen hatte, Spiegel ihrer Sehnsüchte und Ängste. Waren das ausreichende Gründe, um mich auf solch ein heikles Unterfangen einzulassen?

Seine Kinder waren es, die mir das Bedürfnis und vor allem den Mut zurückgaben, weiterzumachen. Sie waren enttäuscht, dass man mich von dem Projekt ausgeschlossen hatte. In regelmäßigen Abständen meldeten sie sich bei mir und schickten mir Informationen über ihren Vater. »Uns gefiel die Idee, dass du dieses Buch machst«, sagte mir Shirley eines Tages. Dieses Leben oder vielmehr diese Leben des Jacob hatte sie selbst schreiben wollen. »Nach seinem Tod wollte ich unbedingt herausfinden, wer er war. Und dann habe ich es nicht getan.« Ich war gerührt von dem Vertrauen, das sie mir entgegenbrachte. Gerührt und auch besorgt. Ich hatte das Gefühl, mir sei die Rolle des Schreibers zugeteilt worden, und hatte Angst zu enttäuschen.

Nach acht Tagen konnte ich mich endlich frei auf der Insel bewegen. Ich bereitete mich auf lange, ermüdende Recherchen vor, unterbrochen von Momenten der Entmutigung. Ich sah mich vor mir, wie ich von einem Ende Djerbas zum anderen einer Fata Morgana nachjagte. Ich irrte mich. Ohne es zu wissen, befand ich mich direkt neben dem Ort, an dem Jacob seine Kindheit verbracht hatte. Ich konnte sogar zu Fuß dorthin gehen.

Schon seit sehr langer Zeit bildete Hara Kebira keine isolierte Enklave mehr. Es war zu einem Vorort der Stadt Houmt Souk geworden. Spanische Reiter und Betonblöcke schützten den Zugang. Neben einem leeren Wachhäuschen dösten zwei Polizisten in einem vergitterten Kastenwagen vor sich hin. Vor den Häusern trockneten Palmenzweige, die wohl für das Laubhüttenfest gedient hatten. Auf der Hauptstraße kamen gerade kleine Jungen mit schwarzer Kippa aus einer Religionsschule gerannt. Der Mann, den ich erwartete, hatte sich mit mir vor »Ishak, König des Brick« verabredet, einer Imbissbude, aus der es nach Frittiertem roch. Dr. Saghroun trug ein Polohemd und Sandalen. Die Maske, die den unteren Teil seines Gesichts bedeckte, betonte seine funkelnden Augen von einem verwaschenem Blau und seinen großen Kopf mit spärlichem grauen Haar. Er führte mich in sein neonbeleuchtetes, mit medizinischen Prospekten vollgestopftes Büro. Inmitten von all dem Papierkram lag ein Buch über *Freud und die Tradition der jüdischen Mystik*. An der Wand hing ein nicht mehr aktueller Kalender. Im hinteren Raum waren eine Untersuchungsliege und ein Stethoskop auf einem Lederköfferchen zu sehen.

Seit fünfunddreißig Jahren praktizierte Simon Saghroun im Viertel. »Ich habe die Großmutter behandelt, die Mutter, die Tochter und jetzt die Enkelin«, bemerkte er. Auch sein Mobiltelefon klingelte ununterbrochen. Vier Generationen konsultierten ihn zu jeder Tages- und Nachtzeit. Wenn er nicht in seiner Praxis war, machte er Hausbesuche. Sein Leben war ganz seinen Patienten gewidmet. Und natürlich kannte er sie bestens.

»Die B'chiris? Die haben eine schöne Stimme.« Er dachte, ich bezöge mich auf die Ikone der tunesisch-jüdischen Musik, Spross einer alten Familie von Sängern. Der Arzt nannte einige von ihnen und kam dann auf andere Persönlichkeiten. Er kannte haufenweise Anekdoten zu jedem.

»Ich bin so etwas wie der Historiker der Gemeinde. Die jungen Leute wissen das alles nicht«, sagte er.

»Ich spreche vom Sohn eines gewissen Khamaïs.«

»Khamaïs, sagen Sie? Ja, ich weiß, wer das ist. Wenn ich mich recht erinnere, ist er am Tag des Ghriba-Festes plötzlich gestorben. Er war ein vermögender Mann. Er gehörte zu den Honoratioren.«

Jacobs Vater, den ich mir als bescheidenen Tankwart vorgestellt hatte, der mit ölverschmierten Händen gelegentlich eine alte Karre reparierte, entpuppte sich als reicher Unternehmer. »Er hatte dutzende und dutzende von Angestellten«, versicherte mir der Arzt mit funkelnden Augen. Seine Werkstatt im Zentrum von Houmt Souk war die größte auf Djerba. Außerdem besaß er ein bedeutendes Transportunternehmen. Seine Busse bedienten regelmäßig den Süden Tunesiens, vom Hafen von Gabes bis zur Oase Tataouine.

Khamaïs stand im Ruf, ein strenger und energischer Chef zu sein, der in geschäftlichen Dingen ebenso begabt war wie als Mechaniker. »Er war eine Persönlichkeit! Allein am Geräusch eines Motors konnte er erkennen, was nicht stimmte.« Simon Saghroun hörte nicht auf, das Loblied eines Mannes zu singen, den er nur vom Hörensagen kannte. Er wusste nicht, wo er begraben war. »In der großen Synagoge gibt es eine Gedenktafel. Vielleicht befindet sich sein Grab daneben.« Der Arzt war zu jung, um Jacob, den er Zakine nannte, noch gekannt zu haben. »Er muss die Gegend kurz nach meiner Geburt verlassen haben.« Plötzlich klang er geheimnisvoll. »Er ist nie zurückgekommen. Wir wissen nicht, warum. Da war irgendwas.« Hingegen kannte er seinen älteren Bruder Benyamin, der in Heimarbeit Silberschmuck herstellte. Auch er war weggezogen. Schließlich war in den 1970er oder 1980er Jahren die ganze Familie nach Israel ausgewandert. Er erinnerte sich nicht an das genaue Datum. Es hatte so viele Ausreisen gegeben. »Jetzt werden Sie niemanden mehr finden, mit dem Sie reden können«, warnte er mich vor.

In jenen alten Zeiten wohnten die B'chiris außerhalb der Hara. Ihr weitläufiges Anwesen befand sich am Rande dessen, was damals nur ein Dorf war, an der Landstraße, die nach Houmt Souk führt. Aus dem Mund des Arztes klang das nicht nach einem Haus wie jedes andere, sondern nach einem bedeutungsvollen Ort, einem Ortsnamen, der mit einer symbolischen Bedeutung aufgeladen war, ein bisschen wie ein Stück Geschichte, erstarrte Zeit. »Das machte was her«, flüsterte er. »Man nannte es Dar Daouïa«, nach dem Namen von David, dem Vater von Khamaïs. »Alles ist abgerissen worden«, fügte er hinzu. »Sie finden nur noch Läden und Lagerhäuser.« Ich fragte ihn, wie ich dorthin käme. Er sah auf die Uhr und bot an, mich zu begleiten.

Die Sonne ging mit jener metronomhaften Pünktlichkeit unter, die charakteristisch für die heißen Länder ist. Von anderen Medinas mit ihren labyrinthischen Gassen unterschied sich das Viertel nur durch die an den Türpfosten befestigten Mesusot. Aus undichten Leitungen quoll Wasser und füllte die sandigen Spurrinnen. Während der Arzt zwischen den Pfützen hindurchging, beantwortete er am Telefon unbeirrt weiter Patientenfragen. »Geben Sie ihm noch einmal eine Dosis Augmentin ... Hat er immer noch Fieber?« Er gab seine Ratschläge mit monotoner Stimme und wirkte etwas abgespannt. »Dieses Telefon bringt mich noch um«, murrte er, als das Gespräch beendet war.

Auf dem Weg überkam ihn eine alte, aus der Zeit der Diktatur ererbte Angst: »Verhalten Sie sich unauffällig. Machen Sie vor allem keine Notizen. Wenn Polizisten Sie mit Ihrem Notizbuch sehen, werden sie Angst bekommen und Sie ausfragen.« Vielleicht hegte er selbst Zweifel an den wahren Beweggründen meines Besuchs? Trotz des begeisterten Porträts, das er von seinem Patriarchen zeichnete, begriff er mein Interesse an den B'chiris nicht so ganz. »Warum schreiben Sie nicht lieber ein Buch über die jüdische Gemeinde auf Djerba?«, schlug er vor. »Sie ist die einzige in der arabischen Welt, die noch wächst.« Seit einigen Jahren nahm ihre Bevölkerungszahl wieder zu.

Eine uns umgebende exzentrische Architektur bezeugte diese wiedergefundene Vitalität. Quadersteinwucherungen, aufgesetzte, vorkragende Stockwerke, eine Unmenge an Stuckarbeiten und gewundenen Balkongittern sowie auf makellos reine Fassaden gemalte Fische, die Neuankömmlingen Glück bringen sollten, standen für unzählige Ehen, Geburten und damit verbundene Ambitionen und Hoffnungen in die Zukunft. »Es gedeiht!«, schloss Dr. Saghroun mit fröhlicher Stimme.

Als wir uns der Polizeisperre näherten, wiederholte er mit Nachdruck: »Machen Sie sich klein. Wenn jemand Sie fragt, sagen Sie, Sie sind Tourist.« Als wir an einer großen Kreuzung ankamen, deutete er auf den gegenüberliegenden Bürgersteig. Gegenüber von einem Krankenhaus zogen sich über eine Strecke von hundert Metern Geschäfte an der Straße entlang. Hinter der Häuserreihe erstreckte sich ein unbebautes Gelände. »All das gehörte einmal den B'chiris!«, verkündete er und breitete die Arme aus. Das Anwesen bestand aus einem Wohnteil sowie Hallen, die für die Wartung der Busse bestimmt waren. Die allem Augenschein nach riesigen Ausmaße, jedenfalls in der Erinnerung der Leute aus der Gegend, entsprachen weniger einer Familie als einer Dynastie. Doch Khamaïs herrschte nicht allein über sein Lehnsgut. Sein einziger Bruder, Maklouf, lebte und arbeitete an seiner Seite. Von ihm hörte ich zum ersten Mal. Er war das fehlende Puzzleteil.

Khamaïs und Maklouf. Sie trennten zwei oder drei Jahre. War es eine Frage des Temperaments oder die Folge eines überlieferten Erstgeburtsrechts? Der Erste hinterließ das Bild eines Anführers, noch dazu eines Machers, während der Zweite unauffällig und unterwürfig wirkte. So verlockend es auch sein mag, den ewigen Mythos von Kain und Abel oder von Jakob und Esau anzuführen, nichts erlaubt zu behaupten, die beiden Brüder seien Rivalen gewesen oder einer von ihnen habe unter der Vorrangstellung des anderen gelitten. Eines ist sicher: Nach dem Tod des Älteren übernimmt der Jüngere die Leitung des Unternehmens und die Familie zerbricht. Die junge Witwe, Miziana, und mehr noch ihre Kinder, werden Maklouf beschuldigen, er habe sie beraubt.

Überall werden Erbschaften hinter verschlossenen Türen geregelt, im innersten Kreis einer Familie. Dabei geht es um Besitz, Eigentumsrechte, ein Vermögen. Und sie transportieren Forderungen nach Liebe, Bedürfnisse nach Anerkennung. Sie wecken alten Schmerz, indem sie die Stellung eines jeden auf Papier fixieren. Wenn es keine Einigung gibt – was häufig der Fall ist –, reißen die Bindungen über mehrere Generationen hinweg. Jedes Lager beschuldigt das andere. Mit der Zeit häufen sich die Schuldzuweisungen, und die gegensätzlichen Versionen divergieren immer stärker, bis es fast unmöglich wird, eine Entscheidung herbeizuführen. Dr. Saghroun sagte vorsichtig, die Hintergründe des Konflikts, der bis zum heutigen Tag andauere, kenne er nicht.

Er beschloss, mir die Stadt zu zeigen. Er ging gerne zu Fuß, besonders zu dieser Jahreszeit, zwischen Oktober und Dezember. »Man sagt, das sei die fünfte Jahreszeit, die beste. Es ist weder zu heiß noch zu kalt.« Mit seinem langsamen und gleichmäßigen Schritt führte er mich zum Eingang des Souks. Vor den zu dieser Zeit touristenleeren Ständen erhob sich das würfelförmige grün-weiße Gebäude der Amen Bank. »Hier befand sich die Werkstatt«, sagte er. »Sie hatte nur eine Etage, war aber sehr groß. Die B'chiris besaßen den ganzen Block.«

Hier eine Bankfiliale, dort ein paar Läden. Nichts war mehr übrig von dem Imperium, das Khamaïs errichtet hatte.

Die Nachfolge war eine zu schwere Last gewesen. Danach kam nichts als ein langer Niedergang. Schuld daran waren falsche Entscheidungen und die Umwälzungen der Geschichte. Ende der 1960er Jahre gaukeln skrupellose Geschäftemacher Maklouf vor, er werde bald enteignet. In einem Tunesien, in dem eine sozialistische Reform die andere jagt, bekommt er Angst und überlässt ihnen für ein paar tausend Dinar sein Herrenhaus und das umliegende Terrain. Gleich anschließend liquidiert er sein dem Tode nahes Busunternehmen. Aber ihm bleibt etwas. Er behält seine Citroën-Konzession und gehört zu den ersten Männern im Dorf, die ein Auto besitzen. Der Arzt lachte: »Am Steuer seines 2CV paradierte er, wie ein König, mit zwanzig Stundenkilometern auf der Straße entlang. Er behauptete, je langsamer man fahre, desto weniger nutze sich die Maschine ab.«

Nach seinem Tod übernehmen die Söhne Maurice und Élie die Werkstatt, aber mit dem Aufblühen des Tourismus beschließt die Stadtverwaltung von Houmt Souk, das Stadtzentrum zu renovieren, und zwingt sie zum Umzug. Die Amen Bank kauft ihnen Gebäude und Grundstück ab. Noch einige Jahre lang behalten sie eine Reparaturwerkstatt irgendwo im Industriegebiet. Und dann ist eines Tages Schluss.

Seitdem lebt Élie in Israel. Sein Bruder Maurice verbringt die Zeit abwechselnd in beiden Ländern. »Im Moment ist er zu Hause auf Djerba.« Der Arzt riet mir davon ab, ihn zu besuchen. »Wenn Sie ihm den Zweck Ihrer Reise erklären, kann das sehr unangenehm werden.« Dann gab er mir eine wesentliche Information: Es war Jacob, oder besser gesagt Zakine, der mit der ganzen Sache am schwersten fertigwurde. Er hegte eine große alte Wut und einen unauslöschlichen Hass auf Onkel und Cousins.

Sogar aus der Ferne und noch Jahrzehnte später verfolgte er sie mit seiner Rachsucht. So erzählte man es zumindest im Viertel. Eines schönen Tages bezichtigte der Zoll Maklouf des illegalen Goldbesitzes. Anscheinend war er durch mehrere anonyme Briefe denunziert worden. Zu Recht oder Unrecht war der Verdacht sofort auf seinen Neffen gefallen. Der Arzt erzählte mir das alles, um mich zu warnen: »Jetzt verstehen Sie, warum man Sie nicht gut empfangen wird, wenn Sie sich auf Zakine berufen.«

Ich wich ihm nicht mehr von der Seite. An wen konnte ich mich sonst halten? Am nächsten Tag erwartete er mich in seiner Praxis. Er wollte mir etwas zeigen, um mir das Ausmaß des Grolls und der Feindseligkeit zwischen den beiden Clans zu demonstrieren. Er stöberte in dem staubigen Wust herum, der sich auf seinem Schreibtisch häufte und zog ein Buch mit einer schönen Einbanddecke aus Velin daraus hervor. Wie viele andere Mitglieder der jüdischen Gemeinde von Djerba hatte er das Werk von Maurice geschenkt bekommen, dem Sohn von Maklouf. Es handelte sich um eine moralische Abhandlung eines berühmten Rabbiners. Wichtig war nicht der Inhalt, sondern die auf der Rückseite des Buches abgedruckte Namensliste. Dort standen die Männer der Familie, die im Laufe der letzten hundert Jahre gestorben waren, mit ihren Geburts- und Sterbedaten, Letztere verbunden durch jenen Strich, der das Verstreichen eines Lebens symbolisiert. In diesem Verzeichnis, das die Erinnerung an die Verstorbenen ehren sollte, tauchten weder Khamaïs noch Zakine auf.

Diese zweifache Auslassung schockierte den Arzt. Vor allem das Fehlen von Khamaïs. »Auf dieser Liste stehen etwa dreißig Personen. Und er wird nicht einmal erwähnt! Wie können sie ihren eigenen Onkel verschweigen? Dabei war er mit ihnen nicht zerstritten!« Vater und Sohn waren ausgelöscht, verbannt, und gehörten nicht mehr der langen Kette der B'chiris an, als wären sie nichts als Namensvettern, Fremde und stammten nicht vom selben Vorfahren ab. Vom Gründer der Ahnenreihe, dessen Name ganz oben auf dem Buch thronte. Ein gewisser Maklouf, noch einer. Ein Mann, der Mitte des neunzehnten Jahrhunderts nach Djerba gekommen war, man wusste nicht woher, vielleicht aus dem Jemen oder aus Anatolien.

Wie sich dem einzigen noch in Djerba lebenden Mitglied des Clans nähern? Ich kontaktierte die wenigen Personen, die mir im Hinblick auf meine Reise genannt worden waren. Iskander Ben Ali traf sich mit mir in einem Café mit Blick aufs Meer. Als ich ihm mein Problem schilderte, griff er zu seinem Smartphone und tippte auf den Touchscreen. »Man muss das Eisen schmieden, so lange es heiß ist«, erklärte er und legte die Hand auf das Mikrophon. Seitdem er als Honorarkonsul tätig war, hatte er ein Adressbuch so dick und unvordenklich wie ein Telefonbuch der Post. Er hielt das Gerät ans Ohr. »Monsieur Maurice B'chiri?« In wenigen Worten erklärte er ihm den Zweck des Anrufs. Die Reaktion seines Gesprächspartners war prompt. Der Vertreter Frankreichs legte auf. »Er sagt, er kenne Ihren Jacob nicht.«

Annie Kabla wohnte nicht weit entfernt, in der Nähe einer alten Festung mit ockerfarbenen Mauern. Ihre Familie hatte früher eine der beiden Fähren besessen, die die Schiffsverbindung zum Festland sicherstellten. Damals waren die B'chiris ihre Nachbarn. Wegen des Virus empfing sie mich lieber vor ihrer Villa an einem Gartentisch. Sie lebte mit ihrem 80-jährigen Vater zusammen und sorgte sich um seine Gesundheit. Bei jeder meiner Fragen sprang sie vom Stuhl auf. »Das frage ich Papa!«, verkündete sie begeistert. Sie verschwand im Haus, zwei kleine weiße Pudel im Schlepptau, und tauchte im Nu mit der Antwort auf, wieder gefolgt von den schwanzwedelnden Hunden. Ihre Schwester saß neben mir und sah ihr amüsiert zu. Sie neckte sie: »Hast du dir alles gemerkt? Hast du ihm auch von dem Konflikt zwischen den Cousins erzählt?« Sie drehte sich zu mir: »Unser Vater liebt Konflikte!«

Aus diesem Hin und Her, diesem Pendeln, ging ein zwangsläufig kontrastreiches Porträt hervor, die Erzählung eines Aufstiegs und eines Falls. David, der seinem Haus den Namen gegeben hatte, war nur Maurer. »Er war sehr arm.« Er war am Bau des Leuchtturms von Taguermess an der Spitze der Insel Djerba beteiligt gewesen, dem höchsten Leuchtturm Tunesiens. Vielleicht kam daher sein Hang zur Maßlosigkeit. Er besaß auch eine Ölpresse. Seine Söhne waren nicht zur Schule gegangen. Khamaïs fing bei null an und wäre wahrscheinlich Automechaniker geblieben, hätte er nicht die Unterstützung einer Frau erhalten, einer engen Freundin namens Shirlia. »Sie war in ihn verliebt. Sie hat ihm das Lesen beigebracht und ihn ermutigt, Geschäftsmann zu werden. Dass er reich wurde, hat er ein bisschen ihr zu verdanken«, sagte Annie bei ihrer x-ten Rückkehr. Verehrerin, Patin oder gute Fee, auf jeden Fall war seine Wohltäterin, die als sehr schön beschrieben wurde, keine, die man heiratet. Er zog ihr ein dreizehnjähriges Mädchen vor, mit dem er zweifellos verwandt sein musste, gemäß den endogamischen Regeln, die in seiner Gemeinschaft üblich waren.

Wie es weitergegangen war, wusste ich bereits. Sein plötzlicher Tod und der Bruch zwischen den beiden Zweigen der B'chiris, den Annies Vater weniger auf die Frage der Firmennachfolge zurückführte als auf den Ruin des von Khamaïs gegründeten Unternehmens. Sein Bruder habe unter Diebstählen, bitteren Enttäuschungen aller Art gelitten, die oftmals Ausdruck von Diskriminierungen waren. Ja, Maklouf hatte Misserfolge angehäuft, wie so viele andere, zu einer Zeit, als zehntausende Juden überstürzt ihr Vermögen verscherbelten und ins Exil gingen. »Als er Pleite machte, wollten Khamaïs' Kinder verkaufen und gehen, die anderen waren dafür zu bleiben«, fasste Annie zusammen. Ihre Erinnerung an die Ereignisse zeugte nicht so sehr von einem Familiendrama, sondern vom Ende einer Welt.

Ich lief an einem unbewegten Meer entlang, das ebenso glatt und eben wie das Ufer dalag, sodass beide hier und da miteinander verschmolzen. Man fragt sich, wie diese beiden Flächen es anstellen, sich nicht gegenseitig zu überlagern. Indem die Insel mit dem Horizont verschmilzt, vermittelt sie ein Gefühl von Unendlichkeit, als könnte man auf dem Wasser laufen. Sie lädt einen ein, sie zu verlassen. Sie ist eine Anstiftung zur Reise. Die Insel Djerba liebt man und verlässt sie. Selbst die Toten orientieren sich am Ende anderweitig.

Dr. Saghroun stieß die Tür zu einem kleinen, mit Sukkulenten überwucherten Friedhof auf. Er begann die in die Stelen gravierten hebräischen Inschriften zu studieren. »Man hat mir gesagt, es liege auf der linken Seite, wenn man reinkommt.« Er ging auf ein abseits gelegenes Grab im Schatten einer weißgekalkten Mauer zu und legte die Hand auf die von Flechten überzogenen Schmucksteine. Wie ins Gebet vertieft las er: »Khamaïs, Sohn des Mazala, gestorben am 18. Ijjar des Jahres 5717«. Das Epitaph betonte Khamaïs' Rechtschaffenheit, seine Großzügigkeit, seinen Respekt vor den Rabbinern und den Riten. Ich sammelte ein paar Steinchen auf und legte sie auf den Marmorsockel.

Die Grabstätte befand sich neben zwei Betongüssen, ohne jeden Vermerk, zwei leere Seiten. Die nackten Platten hatten früher die Gräber von Maklouf und David markiert. Inzwischen waren es nur noch leere Klötze. Kenotaphen. Eine amputierte Dreifaltigkeit von Männern. Fünf Jahre zuvor hatte Maurice die Überführung der Gebeine seines Vaters und seines Großvaters nach Israel organisiert. Eine gängige Praxis, die im vorliegenden Fall jedoch den Arzt ärgerte, da sie die Zwietracht einer Familie zum Ausdruck brachte. Kopfschüttelnd trat er von der Grabstätte zurück. Er schien Khamaïs unter seinem Epitaph liegen zu sehen. »Hier ist er ganz allein«, sagte er.

An einem Freitag beschloss er, mich dem Letzten der B'chiris vorzustellen. Auf dem Weg dorthin vertraute er mir seine neue Idee an. Seiner Ansicht nach müsse man, wenn schon nicht auf eine Versöhnung der Lebenden, so doch wenigstens auf ein Zusammenbringen der Toten hinwirken, dafür sorgen, dass ihre Skelette wieder an einem Ort ruhten. Ihm zufolge sollte ich darauf hinwirken, indem ich mich bei beiden Parteien dafür einsetzte. »Vielleicht könnte Ihr Buch dazu beitragen?« Er ging ein paar Stufen hinauf und klopfte an die Tür eines einstöckigen Hauses, dessen Fenster durch ein Metallgeflecht undurchsichtig gemacht wurden. Ein Mann in Unterhemd, Bermuda-Shorts und einer schwarzen Kippa erschien in der Tür. Er hatte einen riesigen Kopf, schwere, halb geschlossene Lider und überragte uns mit seiner massiven Gestalt. Er schien von unserem Besuch nicht überrascht, als habe er ihn erwartet. Der Arzt stellte mich vor:

»Das ist ein Freund der …«

»Ja, ich weiß, der Kinder von Zakine.«

Er forderte uns nicht auf einzutreten. Auch er fürchtete die Ansteckungsgefahr und wollte lieber telefonieren, wenn möglich auf Arabisch. Sein Französisch war holprig. Hinter ihm waren Frauen in Vorbereitung des Sabbat mit häuslichen Aufgaben beschäftigt.

Dr. Saghroun willigte ein, mir als Dolmetscher zu dienen. Das Telefongespräch fand in seinem Büro statt. Es war kurz. Maurice zeichnete in groben Zügen den Stammbaum der B'chiris nach, erwähnte rasch das Zerwürfnis mit seinen Cousins und äußerte den Wunsch, »das Kapitel abzuschließen«. »Er würde es sehr begrüßen, wenn Khamaïs nach Israel übergeführt würde. Er ist bereit, bei der Rückführung seines Leichnams zu helfen«, sagte mir der Arzt am Ende des Gesprächs.

Ich verließ die Praxis. Die Sonne war gerade untergegangen. Als einer langen Klage gleich das erste Schofar-Blasen ertönte, begann im Viertel geschäftiges Treiben. Über den Haustüren gingen nach und nach die Laternen an. Kinder beeilten sich, ihre Einkäufe zu bezahlen. Ein Händler ließ sein Metallgitter herunter. Auf der Terrasse seines Oratoriums stand ein Rabbiner in Hemdsärmeln, zählte die Minuten, beobachtete, wie seine Schäfchen hin und her rannten, füllte dann die Lungen mit der lauen Luft und blies erneut in sein Widderhorn.

ZWEIMAL ZEIGST DU uns sein Foto. Du hält es aufrecht vor dich und dein Blick verliert sich in der Vergangenheit. Du scheinst uns zu sagen: »Hier ist mein Vater!« Und auch: »Seht, wie ich ihm ähnele.« Du bist jenseits von ihm und weit zurück. Einerseits stellst du dich unter seine Ägide, andererseits prüfst du ihn. Wie alle Söhne hoffst du, seiner würdig zu sein. Du möchtest, dass er stolz auf dich ist. Vielleicht erwartest du auch seine Ermutigung. Du forderst seinen Schutz. Er fehlt dir, er hat dir immer gefehlt. Er ist das Gespenst, das all deine Leben heimsucht. Du hast dir deine Identität um seine Abwesenheit herum gebaut, um eine zentrale Abwesenheit, einen gähnenden Abgrund. Indem er in noch jungem Alter starb, hat er eine jahrhundertealte Kette zerrissen und eine kleine Apokalypse, eine Erschütterung hervorgerufen, die an das Ende der Welt gemahnt. Nach ihm wurdest du aus seinem Haus, seiner Ahnenreihe, seiner Welt vertrieben, aus seiner Geschichte, weg von allem, was du liebtest. Seitdem vagabundierst du von einem Ende des Mittelmeers zum anderen. Bald wirst du dich den Eingängen des Hades nähern und mit den Schatten sprechen.

Ständig blickst du hinter dich. Dabei kommst du aus dem Land der Lotophagen. Wenn man der *Odyssee* glaubt, so verteilt dein Volk eine Droge, die zu Amnesie führt. Der Lotus löscht bei jedem, der ihn kostet, alle Erinnerung aus bis hin zu

Namen und Herkunft. Auf deiner Insel ohne jede Erhebung und jede Erinnerung muss Odysseus eine seiner ersten Prüfungen bestehen. Nachdem seine Gefährten von der verbotenen Pflanze gekostet haben, verlieren sie das Bewusstsein dessen, was sie sind. Sie wissen nicht mehr, woher sie kommen, wohin sie gehen und zu wem sie gehören. Sie sind nicht mehr Bestandteil einer Menschheit, die als Vielzahl miteinander verflochtener Fäden begriffen wird. Um sie zu zwingen, wieder in See zu stechen, muss ihr Anführer sie mit Gewalt an Bord bringen und im Laderaum in Ketten legen. *Du* hast nichts vergessen und nichts verziehen. Dir bleibt eine bittere Wunde, die sich nie geschlossen hat und die anderen Wunden mehrt.

Du kennst den Krieg und seine Schrecken. Du kommst aus ihm zurück, auch du, müde, vielleicht sogar gebrochen, ohne jeden Zweifel verändert. Sein Lärm, seine Gerüche prägen weiter deinen Körper und deinen Geist. Bei der kleinsten Detonation zittern dir die Glieder. Du kannst kein Blut sehen. Wir wissen nicht, welches Leid du hast erdulden müssen. Kein Aöde singt deine Verdienste. Als du ins Zivilleben zurückkehrst, findest du keine Ruhe. Bist du an weiteren, jetzt geheimen Aktionen beteiligt? In diesem Krieg, der seinen Namen nicht nennt, ist deine Waffe zwangsläufig die List, die Intelligenz, der Erfindungsreichtum, die Lüge, das, was die Griechen *metis* nennen, die Fähigkeit, sich aus jedem Schlamassel zu befreien, und auch, sich zu verkleiden, Masken zu tragen und in verschiedene Rollen zu schlüpfen.

Hinter deinem unveränderlichen Lächeln erfüllt dich gewaltige Wut, ein schreckliches Gefühl der Ungerechtigkeit. Du verzweifelst daran, auf ein fehlendes Kettenglied reduziert zu werden, auf eine Schlinge, die mit keiner anderen verbunden ist, eine einfache narzisstische Monade. Deine Porträts zeugen von deiner absoluten Einsamkeit, deinem Bedürfnis, zu dir selbst zurückzukehren, zu diesem kleinen Teil deines Brustbildes. Wenn du deine Abkapselung einmal durchbrichst und Gefährten in deine Kabine einlädst, nimmst du allen Platz ein, einen Platz, der dir genommen wurde. Unaufhörlich bekräftigst du deine Existenz und schreibst überall, wo du kannst, deinen Familiennamen hin. All deine Unterschriften sind zugleich Fragezeichen, Bittgesuche, Wutgeheul. Dein Album ist ein einziger Schrei: Du bist Jacob, der Sohn von Khamaïs, der einst auf seine Weise einer der Könige von Djerba war, und du forderst deine Rechte.

Du bist nichts als Bewegung, ein Strom von Atomen und Energie. Du willst die weite Welt sehen. Deine Neugier treibt dich immer weiter. In zehn Jahren hast du beachtliche Entfernungen zurückgelegt: Du hast in Israel gelebt, hast Europa von Osten nach Westen und von Norden nach Süden durchstreift, hast Asien und Amerika besucht. Selbst wenn du in einer Stadt Halt machst, wechselst du das Viertel und die Straße, schlägst eine Tür zu, um eine andere zu öffnen. Du navigierst blind, vertreibst dir die Zeit, weil du nirgends hinkannst.

Im Laufe dieser unendlichen Reise kehrst du nicht ein einziges Mal in das Land deiner Vorfahren zurück. Du begibst dich überall hin, nur nicht dorthin, wo du geboren wurdest und aufgewachsen bist, und zwar nicht als Konsequenz irgendeines erdenklichen Fluchs, nicht wegen eines Rachegotts, der Fallstricke auf deinem Weg auslegen würde, oder aus Angst vor Repressalien aufgrund deiner neuen Staatsangehörigkeit, des Kriegszustands zwischen deinen beiden Ländern, sondern weil du es nicht willst. Dein eigenes Ithaka existiert nicht mehr. Du hast keinen Palast, in den du zurückkehren, keinen Rang, den du zurückerobern könntest.

Es bleiben dir nur Erinnerungen, vergleichbar deinen Blitzlichtern, die dich blinzeln lassen. Das mit schwarzen Nägeln geschmückte blaue Hoftor, der viereckige Hof mit dem Brunnen, der Weinpresse und dem Backofen, wie ein Gynäzeum, in dem die Frauen und Kinder regieren, und rundherum die Olivenhaine, die Hohlwege zwischen zwei Erdwällen, der Sand, der überall eindringt, die Schule mit ihren Lehrbüchern, die aus der Kälte kommen, voller schnurrbärtiger Flügelhelmträger und Könige in Kettenhemden, und später dann die riesige Werkstatt mit ihren Glasfronten, der Grube, in der du dich gerne unter einem Rohrrahmen aus Chrom und Stahl versteckst, der einem Sternenhimmel gleicht. Eine glückliche Kindheit, die im Zeitraffer projiziert wird, wie ein Film, der immer schneller läuft, bis zu dem Moment, wo das Zelluloid zu schmelzen beginnt, sich in alle Richtungen verdreht, schließlich verschwindet und dabei große Flecken auf der Leinwand hinterlässt.

Künftig ist deine Insel leer. Es gibt nur noch Ruinen. Niemand wartet dort auf dich. Am Ende sind die Deinen dir gefolgt. Und erneut bist du es, der weggegangen ist. Kiryat Charêt

109/1 in Ra'anana, die Adresse, die gut sichtbar wie ein Wegweiser am Ende der Nacht hinten auf dem Nachsatzblatt deines grünen Buches klebte, als wäre sie die letzte Etappe deines Herumreisens, in gewisser Weise die Auflösung deiner Odyssee, ist die Adresse deiner Mutter. Am Ende ist sie ihrerseits nach Israel emigriert, gleichzeitig mit ihren Geschwistern. Selbst dorthin, in jenes Land, für das du den Militärdienst geleistet hast und in dem deine Familie jetzt lebt, kehrst du, von kurzen Aufenthalten abgesehen, nicht mehr zurück.

Du bist ein Überlebender. Du hast gegen trügerische Sirenen, widrige Winde, mörderische Klippen, erbarmungslose Feinde kämpfen müssen. Du hast Exil und Verzicht kennengelernt. Nach zehn Jahren der Prüfungen und des Umherirrens erreichst du das Ende deiner Reise, aber mit den Ungeheuern hast du nicht abgeschlossen. Fügen wir eines hinzu, auf die Gefahr hin, die homerischen Metaphern zu überstrapazieren, ein weiteres Ungeheuer, das du auf deiner neuen Insel entdeckt hast, oder eher einem Nicht-Ort, einer Heterotopie, einer Art Illusion und Perfektion. In deinem Fotoautomaten misst du dich mit einem Auge, einem Einzelauge, einem Auge, das alles sieht. Du stellst dich einem Zyklopen gegenüber, einem Menschenfresserriesen, der dich einsperrt, dich mit Haut und Haar verschlingt und dich in vier Exemplaren wieder ausspeit. Du schaffst es, ihm zu entfliehen, während du schreist: »Mein Name ist Niemand.«

Selbst indem du deiner Heimaterde den Rücken kehrst, bist du doch auf dem Rückweg, wenn man unter diesem Wort einfach ein Zuhause versteht. Du strebst, wie alle, nach einem normalen Leben, einem banalen Alltag, unauffällig, nach etwas, das einer Heimstatt ähnelt, einem Ort, an dem du dich endlich wohl fühlen kannst. Mehr als alles willst du dich wiederfinden. Du willst nicht die Verbindung zu einem hypothetischen Ort, einem unauffindbaren Anfang wiederherstellen, sondern zu dir selbst, zu dem, was dir vorausgeht und dir folgt, jener zerbrochenen unvordenklichen Kette. Auf diesem sehr langen Weg begleitet dich dein Vater. Er ist da, mit dir, in deiner Zuflucht. Du findest Schutz hinter seinem winzigen Medaillon und mit einem Mal wirkst du friedlich.

UM ES GLEICH zu sagen, es gelang mir nicht, meinen Auftrag zu erfüllen. Als ich in Israel eintraf, verstand ich mich ein wenig als ein Bote, ja, ein Versöhner, eine Art Familiendiplomat. Mein Versuch, die beiden Zweige der B'chiris einander anzunähern, erlebte dasselbe unselige Schicksal wie die meisten in der Region initiierten Friedensprozesse. Es fehlte genau das, woran es den verfeindeten Völkern eines zu oft verheißenen Landes fehlt, nämlich Vertrauen. Im einen wie im anderen Falle wog die Streitsache viel zu schwer.

Die Bedeutung des Mandats, das mir anvertraut worden war, musste den örtlichen Behörden bekannt geworden sein, denn zu meiner großen Überraschung stellten sie mir eine Sondererlaubnis aus, um ins Land einzureisen. Dabei waren die Grenzen aus Pandemiegründen seit zehn Monaten für nicht residente Fremde geschlossen. An einem Januarabend landete ich auf dem Ben-Gurion-Flughafen. In einem halb verlassenen Terminal, das zum medizinischen Labor umgewandelt worden war, bot ich meine bereits ziemlich geweiteten Nasenlöcher einem x-ten Wattestäbchen dar. Diesmal musste ich mich mindestens zehn Tage isolieren. Ich hatte das Glück, jenen Quarantäneorten zu entgehen, die dem Heimatfront-Kommando unterstellt sind, mit anderen Worten: der Armee. Keine Website wie Trip-Advisor scheint diese Etablissements aufzuführen, die in der Presse »*corona hotels*« genannt wurden, aus denen die im Internet verfügbaren Videos aber nur Krawallszenen zeigten. Die Rezeptionisten trugen eine kakifarbene Uniform. Die Insassen wurden in ihrem Zimmer festgehalten, mit dem kategorischen Verbot, es zu verlassen. Wenn die Mahlzeiten ausgeteilt wurden, mussten sie warten, bis der Zimmerservice wieder gegangen war, bevor sie ihre Tür öffnen und die in einer Plastiktüte verpackte Nahrung in Empfang nehmen konnten.

Der Freund, bei dem ich in Jerusalem Aufnahme fand, legte mir weit weniger strenge Regeln auf. Wir aßen auf seiner Terrasse in der Sonne zu Mittag. Trotz der Jahreszeit war das Wetter fast frühlingshaft. Mein Zimmer überragte ein Gewirr von Häusern aus rosafarbenem Stein, umstanden von Zypressen und Eukalyptusbäumen. Auf der Gasse unterhalb des Hauses spielten Kinder. Ihre Lieblingsbeschäftigung bestand darin, mit einem Einkaufswagen die steile Straße hinunterzufahren. Als ich mich aus dem Fenster lehnte, sah ich links in der Ferne den Ölberg mit seinen marmornen Tasten. Ich kannte das Viertel, weil ich zwanzig Jahre zuvor dort gewohnt hatte, und fand dort, selbst eingesperrt zwischen vier Wänden, Erinnerungen und alte Empfindungen wieder. Geräusche, Gerüche und vor allem ein blendendes, kristallines Licht.

Nach einem weiteren Test nahm ich meine Nachforschungen wieder auf. Ich reiste mit Jérémy, einem brillanten Studenten der Neurobiologie, der sich bereit erklärt hatte, mir als Dolmetscher zu dienen. Einige Jahre zuvor war er ein *Charedi* gewesen, ein gottesfürchtiger Mensch, denn bei Jesaia steht geschrieben: »Höret des Herrn Wort, die ihr euch fürchtet vor seinem Wort«. Inzwischen fürchtete er niemanden mehr. Er hatte seinem Glauben abgeschworen, mit den Eltern und seinem Umfeld gebrochen, Kippa, Filzhut, schwarze Jacke und Zizit weggeworfen, wie man einen Orden verlässt. Nachdem er seinen Militärdienst in einer Kampfeinheit absolviert hatte, entdeckte er die Wissenschaft für sich. Seitdem schwor er nur noch auf Beweisführungen und Experimente. Ich führte ihn auf sehr viel unsichereres Gelände.

In Tunesien hatte Jacob nur Steine hinterlassen. Alle, mit denen er als Kind Kontakt gehabt hatte, waren fort und unter der Einwirkung einer unwiderstehlichen Strömung hier auf der anderen Seite des Mittelmeeres gelandet. Yoshua lebte in einem modernen, unpersönlichen Wohnviertel in der Umgebung von Tel Aviv. Trotz seiner langen grauen Haare hatte er ein erstaunlich junges Gesicht bewahrt, natürlich ein wenig dicker und faltiger. Vielleicht war er durch die Erinnerung an den Menschen, den er als seinen besten Freund betrachtete, bevor das Leben sie trennte, jünger geworden. »Für mich war es sehr schwer, ganz bei null anzufangen«, sagte er. Mühsam, als legte er ein Geständnis ab, fügte er hinzu: »Ich wäre gern auf Djerba geblieben.« Er war ehemaliger Luftfahrttechniker und nun im Ruhestand. Trotz einem scheinbar komfortablen Leben hatte er Heimweh – weniger nach dem Land, in dem er geboren wurde, als nach dem, was er hätte sein können, hätte er es nicht verlassen. Als Kind wollte er Rabbiner werden. Er sagte: »Ich habe die Thora studiert und nichts anderes.«

Jacob hatte ihn in alles andere eingeführt. »Er war unser Anführer. Wir folgten ihm zu mehreren. Er hat uns beigebracht, uns zu prügeln, Fußball zu spielen und zu rennen. Er machte uns bereit für Dinge, die wir nicht einmal ahnten.« Am Samstagnachmittag trainierte er sie in den Olivenhainen, und improvisierte mit quasi nichts, ihrer Mütze oder einem provisorischen Ball aus Altpapier, ein Spiel. Im Sommer führte er sie mit einem von einem Esel gezogenen Karren an den Strand. Er erzählte ihnen auch von Israel, so wie man die Ankunft des Messias preist.

Natürlich stach er von all den Jungen ab, die ihre Tage damit verbrachten, in einer Ecke der Synagoge auf dem Boden zu hocken und über eine Talmudpassage zu diskutieren. Er ging in die Grundschule, lernte weltliche Fächer, sprach Französisch, spielte Fußball und machte Leichtathletik, trug kurze Hosen und gehörte zu einer angesehenen Familie. Morgens machte er sich zu Fuß auf den Weg in eine Stadt, die in den Rang einer Kreisstadt erhoben worden war, obwohl sie kaum größer war als sein Weiler. Wenn er nicht mit seiner Clique spielte, schloss er sich zu Hause ein und las oder zeichnete. Die Wände seines Zimmers hingen voll mit seinen Skizzen. Er war Anführer und Einzelgänger. Hatte ein soziales und zugleich zurückgezogenes Wesen, und bereits ein wachsendes Geheimnis. Sein Jugendfreund hatte alle seine Briefe aufbewahrt, vielleicht in der Hoffnung, eine versteckte Botschaft darin zu finden. Er zog sie aus einer Klarsichthülle und begann sie zu lesen. »Er nannte mich seinen lieben Bruder!« Er hob den Kopf und sagte: »Er war schon speziell.« Beide waren sie im selben Jahr, 1963, auf unterschiedlichen Wegen ausgewandert. In Israel hatten sie weiterhin korrespondiert, sich aber nie wiedergesehen. Yoshua wusste nicht, warum.

Trotz der Beengtheit des Landes lebten die B'chiris weit voneinander entfernt. Von allen Geschwistern war Itzhak derjenige, der Jacob am besten kannte. Er wurde ein Jahr nach ihm geboren und hegte eine grenzenlose, von quasi jugendlicher Begeisterung erfüllte Bewunderung für ihn, die des Jüngeren für den Älteren. Von meinem ersten Tag in Israel an hatte er mich mit SMS überschüttet, die durch die Magie der automatischen Übersetzung alle mit »Mein Charmanter« statt mit »Mein Lieber« begannen. Er erwartete meine Ankunft unter einem Portal am Fuß einer Betontreppe. »Ich habe dich erwartet!«, rief er und nahm mich in die Arme, ohne sich um irgendwelche Abstandsregeln zu scheren. Ich wich wohl leicht zurück, denn er hielt es für angebracht, mich zu beruhigen: »Keine Sorge, ich bin geimpft.« Als wir das Haus betraten, deutete er auf den Raum, der ihm als Schutzraum für den Fall eines chemischen Angriffs oder einer Explosion diente, als wollte er die aktuelle Gefahr relativieren. Er wohnte ganz im Norden, in Kiryat Shmona, einer Stadt direkt an der Grenze zum Libanon, die regelmäßig Ziel von Raketenangriffen war.

Er forderte mich auf, am Tisch Platz zu nehmen, und schenkte mir ein Glas Granatapfelsaft ein, der mich an meinen Aufenthalt in Tunesien erinnerte. Ich zeigte ihm Fotos, die ich auf dem Friedhof in Hara Kebira gemacht hatte. »Ach, das erkenne ich … Und hier? Wer ist das?« Seine kleinen mandelförmigen Augen, die denen von Jacob ähnelten, blickten auf jedes der drei Gräber. Seine Stimme wurde ernst: »Schau dir an, wie absurd das Leben ist. Mein Vater hatte sich dafür eingesetzt, dass die Männer der Familie alle zusammen sind, und jetzt ist er allein.« Ich berichtete ihm von den Worten seines Cousins Maurice, von dessen Wunsch, »das Kapitel abzuschließen«, wie er es genannt hatte, und bei der Überführung dessen, was von Khamaïs, dem in Ungnade gefallenen Patriarchen, noch übrig war, nach Israel zu helfen. Das Angebot seines Cousins ließ ihn kalt.

»Ich weiß nicht«, sagte er nach kurzem Schweigen. »Er ist ein sehr harter Mensch. Kennst du unsere Geschichte?«

»Ein bisschen«, stammelte ich.

»Ich werde dir ein Geheimnis anvertrauen. Mein Vater war Multimillionär.«

Seine Stimme wurde wehmütig, als er mir erzählte, wie Khamaïs mit nichts begonnen und dann ein Vermögen zusammengetragen hatte. Seine Strategie bestand in einer langsamen und unaufhaltsamen Vergrößerung der Angebotspalette. Zuerst die Reparaturwerkstatt, die Tankstelle, die Citroën-Konzession, dann die von Renault, gefolgt von dem Busunternehmen ... Die einzelnen Bestandteile fügten sich zusammen wie in einem riesigen Legospiel. »Am Samstag kam ein Vertreter der Jewish Agency for Israel in die Große Synagoge, um die Gläubigen zu ermutigen, ihre Alija zu machen. Noch am selben Abend organisierten die Leute ihre Abreise. Sie gingen zu meinem Vater und baten ihn, ihre Wohnung oder ihr Geschäft zu übernehmen. Auf diese Weise hat er ein Imperium aufgebaut, obwohl er nicht einmal lesen und schreiben konnte«, sagte Itzhak.

Er hatte wenig Erinnerungen an diesen in allem erfolgreichen Vater, jedenfalls keine präzisen oder privaten. »Er war selten da. Unter der Woche widmete er sich seinen Geschäften und kam erst am Freitag nach Hause.« Er lachte: »So wurden wir gezeugt.« Seine Mutter reihte eine Schwangerschaft an die andere. In fünfzehn Jahren Ehe wurde sie sechzehnmal schwanger und zog schließlich zehn Kinder groß. Die anderen? Fehlgeburten oder Totgeburten, die ohne Kaddisch beerdigt wurden. Itzhak erklärte: »Ich war die Nummer sechs.« Jacob stand an fünfter Stelle. Genau in der Mitte. Vor ihnen waren Leah, Rivka, David und Benyamin gekommen. Danach Tamar, Judith, Rafael. Der letzte, Moshe, kam als Halbwaise zur Welt.

»Unser Vater ist in Tunis gestorben, nicht auf Djerba«, betonte Itzhak, als wäre dieses Detail besonders wichtig. Er hatte weder den Leichnam sehen noch an der Beerdigung teilnehmen können. Von der Zeremonie behielt er nur ein flüchtiges Bild einer Menschenmenge in Erinnerung, die er aus einem Taxi heraus gesehen hatte. »Ich war acht Jahre alt. Ich habe nicht verstanden, was vor sich ging. Deshalb war ich so gerührt, als ich deine Fotos sah.« Er erhob sich und setzte seine Sonnenbrille auf. »Gehen wir in mein Büro. Wenn wir hier bleiben, fange ich an zu weinen.«

Auf dem Weg machte er an einem Aussichtspunkt halt, von dem aus man das ganze Tal sah und auf der anderen Seite einen waldbedeckten Berg. Hinter der Kammlinie lag der Libanon. Bis Mitte der 1950er Jahren war Kiryat Shmona nur ein Durchgangslager. Die ersten Bewohner, die größtenteils aus

Marokko oder Tunesien stammten, drängten sich in Wellblechhütten und Fertighäusern. 1975 wurde Itzhak als Lehrer dorthin geschickt. Er hatte gerade geheiratet. Die Stadt war im vollen Aufschwung. Sehr bald hatte er den Lehrerberuf aufgegeben und ein Maklerbüro eröffnet.

Er führte uns durch schattige Straßen zu einem einstöckigen würfelförmigen Gebäude. Vor dem Gebäude stand ein grünes Schild, darauf in großen Buchstaben der Name »Bashiri« mit einem »a«. Die Entscheidung, den Namen eher in lateinischen Buchstaben zu schreiben und nicht auf Hebräisch, entsprach sicher der Absicht, eine internationale Kundschaft anzuziehen, oder aber war Ausdruck des Vermissens einer längst vergangenen Zeit. Als wir hineingingen, stellte mir Itzhak seine Tochter und seine beiden Söhne vor, die mit ihm arbeiteten, dann ging er zu einem Wandschrank und holte eine Tasche heraus, in der es metallisch schepperte, und schwenkte sie wie eine Trophäe vor meiner Nase. »Ich besitze alle Schlüssel von Kiryat Shmona!« Er behauptete, er habe den Traum seines Vaters verwirklicht: »Auch ich habe ein Imperium geschaffen!« In seinem Elan schenkte er mir dutzende von Feuerzeugen, Stiften und Karten, auf die er »Bashiri« hatte drucken lassen. Und er hielt mir eine Schirmmütze mit seinem zugleich gepriesenen und streitig gemachten, erloschenen und wiederauferstandenen Familiennamen hin. Ich setzte sie auf. Er sah mich mit seinen Spaßvogelaugen an. »Wenn du jetzt so in Paris herumläufst, wird jeder von uns erfahren!«

Er schien von riesigem Stolz beseelt zu sein, von einem fröhlichen pantagruelischen Lebenshunger. Erst als er an seinen älteren Bruder dachte, den er weiterhin Zakine nannte, verdüsterte sich sein Gesicht. »Immer wenn ich etwas brauchte, half er mir. Er hat alles dafür getan, dass ich Erfolg hatte. Aber sein Leben war schrecklich. Er war sehr hart zu sich selbst.« Ich fragte ihn, warum ihre Mutter ihn so jung allein nach Israel geschickt hatte – beinahe hätte ich gesagt: verlassen hatte, von seiner Insel verbannt, anderen anvertraut, vielleicht in der Absicht, ihn aus dem Elend herauszuholen und einen Mann aus ihm zu machen, einen echten Mann, einen Pionier, einen neuen Löwen von Juda. Er protestierte: »Niemand hat ihn gezwungen! Er wollte es so!«

Ein Schatten huschte über sein Gesicht. »Ich erzähle das nicht gern. Djerba war ein einziger *Balagan*, ein großer Rummel! Wo es Geld gibt, ist immer *Balagan*. Alles klar?« Er wechselte zwischen Französisch und Hebräisch und ließ manchmal auch ein paar Worte Arabisch oder Jiddisch einfließen. Jérémy saß mir gegenüber und übersetzte murmelnd. »Unser Onkel Maklouf war Automechaniker. Als Papa starb, wurde er unser Vormund. Er ließ unsere Mutter etwas unterschreiben und hat alles genommen, das Gold, die Busse, die Werkstatt, die Geschäfte, die Schlüssel, absolut alles. Im Gegenzug musste er uns nur ernähren. Aber nicht mal das hat er gemacht. Wenn wir versuchten, mit ihm zu reden, wurde er wütend und peitschte uns mit einem Elektrokabel. Damals hatte eine Frau keinerlei Rechte. Sie konnte nicht einmal nach eigenem Willen ihre Wohnung verlassen. Mama zog in ein Haus im Dorf, das früher einem Scheich gehört hatte. Unser Vater besaß viele

Häuser.« Itzhak lächelte: »Verstehst du jetzt, warum ich nicht an Maurice' Vorschlag geglaubt habe?« Er redete ganz behutsam, als würde er mit einem Kind sprechen. Bestimmt machte er sich über meine Arglosigkeit lustig. Er fuhr fort: »Es ist eine traurige, schmerzhafte Geschichte. Ich habe nicht vergessen, aber verziehen. Und schau!« Mit einer großen Handbewegung deutete er um sich herum auf die Tische und Aktenstapel wie auch auf seine Sprösslinge, die vor Computerbildschirmen saßen. »Gott sei Dank fehlt es mir an nichts. Zakine gelang es nicht, einen Neuanfang zu machen. Ich sagte ihm: ›Es ist vorbei. *Khalas*!‹ Und er sagte immer wieder: ›Du hast keine Ahnung, was wir durchgemacht haben.‹«

Als er fünfzehn Jahre alt war, ging sein Bruder fort, so wie wenn man von zu Hause wegläuft. Aus Wut oder aus Angeberei, vielleicht aus beidem ergriff er die Flucht. Er verließ nicht die Familie oder Freunde, sondern einen Ort, der ihm keinerlei Zukunft bot. Ein durch Metonymie mit dem Haus, aus dem er vertrieben worden war, verbundenes Land, ein Symbol für Verrat und Ungerechtigkeit. Er beschloss, nur noch von sich selbst abhängig zu sein und sein Glück anderswo zu versuchen. Ich nehme an, dass er auch am Samstagabend dort in der Synagoge gewesen sein muss, inmitten all der Männer des Dorfes, um dem Sendboten zuzuhören, wie er mit biblischen Untertönen das neue Land beschrieb, das sie erwartete. Warum bleiben? Die Schule war für ihn vorbei, seit er seinen Volksschulabschluss erhalten hatte. In Djerba gab es kein Gymnasium. »Dort«, wie jeder vorsichtig sagte, in jenem phantasierten Anderswo, würde er seine Schulbildung fortsetzen können und eine Stellung haben, die den Erwartungen entsprechen würde, die sein Vater in ihn setzte. Bevor er aufbrach, hatte er Itzhak ein Versprechen gegeben: Er würde sie nie im Stich lassen. Er würde ihnen als Kundschafter dienen, und eines Tages würde er sie alle zu sich holen.

Wahrscheinlich war er ergriffen, als er an Bord eines unter der Flagge mit dem Davidstern fahrenden Schiffes ging. Bis dahin kannte er sicher nicht viele jüdische Seeleute, abgesehen von denen, die auf der Fähre zwischen Ajim und Jorf arbeiteten. Nach vier Tagen Überfahrt legte er im Hafen von Haifa an. Er bahnte sich einen Weg durch eine Menge von Menschen, die sich in den Armen lagen und ganz von der Freude über das Wiedersehen und die Erfüllung eines tausendjährigen Traums erfüllt waren. Auf ihn wartete niemand am Kai, abgesehen vielleicht von einem Beamten, einem *Haver*, einem Genossen, wie man ihn damals nannte, der ihn zu einer fast ausschließlich aus Jungen bestehenden Gruppe brachte, die alle eines gemeinsam hatten: Sie stammten wie er aus Nordafrika.

Entgegen dem, was Shirley und David glaubten und vielleicht auch er selbst erwartet hatte, brachten seine Begleiter ihn und die anderen nicht in einen Kibbuz. Alyat Ha'Noar, der Verein, der die Aufnahme von einzelnen Minderjährigen in Israel organisierte, hatte verfügt, dass abends zum Klang eines Akkordeons angestimmte Revolutionslieder, verrauchte Generalversammlungen, hitzige Diskussionen, Abstimmungen per Handzeichen, am 1. Mai geschwenkte rote Fahnen, die Vergesellschaftung der Produktionsmittel, die Geschlechtergleichheit – zumindest die öffentlich zur Schau getragene, wenn auch nicht tatsächliche – und ganz generell eine säkulare und sozialistische Erziehung jungen Menschen aus arabischen Ländern nicht angemessen waren. Unabhängig von ihren Glaubensvorstellungen oder Wünschen war man der Ansicht, man müsse sie unter strenger Beobachtung halten. Jacob wurde einem religiösen Internat anvertraut.

Das »Jugenddorf von Kfar Blatt«, das früher mitten auf dem Land lag, war heute ebenfalls zu einem Vorort geworden. Es lag am Rande von Petah Tikva, einer alterslosen, einheitlich grauen Industriesiedlung, und war auf der einen Seite von Wohnblocks umgeben und auf der anderen Seite von Feldern. In der Ferne erkannte man, verborgen von leichtem Dunst, die ersten Ausläufer des Westjordanlandes. Eine Bambuspalisade umgab das ehemalige Waisenhaus. Durch das Gitter des Tores konnte man mit Sykomoren bepflanzte Rasenflächen, verputzte Wohnungen und ältere Gebäude mit roten Dächern erkennen, aber keinen einzigen Schüler. Der Direktor kam, um uns zu öffnen. Er schien erfreut über Besuch, wahrscheinlich der erste seit Monaten. Seine Assistentin bot uns Datteln an, während er in Verzeichnissen blätterte. »Wie sagten Sie doch gleich? Chéri? Chiri?« Er las jeden Namen vor, als befände er sich beim Appell auf einem imaginären Schulhof. »Kaufman, Cohen, Bittan …« Er stieß einen Schrei aus: »Zakine! Zakine B'chiri!« Er schlug mit dem Handgelenk auf den Tisch. »Wah, wah, wah!« Er las den handschriftlichen Eintrag: »Er wurde 1963 hergebracht, gleich nach seiner Ankunft in Israel.«

Damals forderte jede politische Gruppierung ihren Anteil an Einwanderern. Das »Dorf« gehörte zu der Bewegung HaPo'el haMizrachi, die Arbeiter aus dem Osten, eine Vorläuferin der Nationalreligiösen Partei. Es verfügte über Schlafsäle, eine Landwirtschaftsschule, eine Jeschiwa und einen achtzig Hektar großen Bauernhof. Die 400 Schüler im Alter zwischen zwölf und siebzehn Jahren mussten eine Kippa tragen sowie einen Tallit unter dem Hemd, dreimal täglich in der Synagoge beten und vor jeder Mahlzeit einen Segen sprechen. Sie waren in Sechserzimmern untergebracht. Der Vormittag war dem Unterricht, der Nachmittag der Arbeit auf dem Feld gewidmet. Sie mussten eggen, zwischen den Kartoffelpflanzen jäten, die Maschinen warten, die Kühe melken, die Milch entrahmen, den Hühnerstall saubermachen und einige Hausarbeiten erledigen. Es mangelte nicht an Dienstpflichten.

Der Direktor zog ein Klassenfoto aus seiner Mappe, das im Schatten eines knorrigen Baumes aufgenommen worden war. Etwa dreißig Jungen und Mädchen, alle in makellos weißen Hemden, wie zum Versöhnungsfest, standen um eine ältere Frau herum, die wohl ihre Lehrerin war. Ich erkannte Jacob, der in der Mitte der dritten Reihe stand, mit hoher Stirn, ernster Miene und schiefem Gesicht. War er glücklich, hier zu sein? In seiner autobiographischen Erzählung *The Immigrant* beschreibt der israelische Journalist Daniel Ben Simon eine ähnliche Erfahrung. Seinen plötzlichen Weggang aus Casablanca, etwa im selben Alter, erlebt er als Trennung. Von einem Tag auf den anderen muss er seine Schule verlassen, die Koffer packen und sich von den Eltern verabschieden – erst Jahre später wird er sie wiedersehen. Er geht nicht aus eigenem Antrieb. Niemand hat ihn nach seiner Meinung gefragt. Seine Mutter hat einfach nur seinen Namen auf ein Formular geschrieben. Zu seinem eigenen Wohl, um ihn in Sicherheit zu bringen. Kaum in Israel angekommen, schickt man auch ihn in ein religiöses Internat. Am Anfang ist er von allem abgeschreckt. Die Disziplin, die Härte der Sitten, das Gemeinschaftsleben. Er spricht kein Hebräisch, hat noch nie eine Kalotte getragen und noch seltener mit einem Spaten gearbeitet. Sein Traum war es, Schriftsteller zu werden. Nun ist er Landwirtschaftsschüler.

Auch Jacob leidet unter der Trennung, dem Exil, dem Verlust von allem, was ihm wichtig war. »Vermisst du nicht das Purimfest in Djerba? Das war so schlicht und so schön«, schreibt er seinem Freund Yoshua. Im Internat hat er niemanden, dem er sich anvertrauen kann. Niemand, mit dem er sich, die Füße im Sand, stundenlang unterhalten kann. Die Menschen, die ihn betreuen, wissen nichts über die Welt, aus der er kommt. Eine Mauer von Unverständnis trennt sie voneinander. Sein Direktor ist ein *Jekke*, ein deutscher Jude, der den Holocaust überlebt hat. Ein schweigsamer Mann von strengem Temperament, zugleich unnachgiebig und anspruchsvoll. »Das war eine andere Generation«, seufzt später sein ferner Nachfolger.

Der Junge beklagt sich vor allem darüber, dass er seine Verwandten nicht sieht. Er baut seine Identität um einen Abgrund herum auf. Der Tod des Vaters, die Abwesenheit der Mutter, die Trennung von den Geschwistern, der Verlust der Freunde. Er ist allein. An Feiertagen sucht er Trost bei einer

Tante väterlicherseits, die in der Negev-Wüste wohnt, aber die Wunde klafft weiter. Also schreibt er. Unaufhörlich. Allen. Zumindest denen, die fähig sind, ihn zu lesen. Jacob ist ein unermüdlicher Briefschreiber. Er überschwemmt seine Umgebung mit langen Briefen, in denen er nicht viel sagt, aber in denen er sich nach der ganzen Welt erkundigt. »Wie geht es Yossef?«, »Und Pinhas?«, »Und Haddad?«, »Gibt es gute Nachrichten?« Seine Briefe bezeugen ein dringendes Bedürfnis, Verbindungen neu zu knüpfen, eine Leere mit Worten zu füllen.

Als seine Mutter schließlich entscheidet, sich ihm mit einem Teil der Kinder anzuschließen, ist Jacob schon fast erwachsen. Er bereitet sich auf ein landwirtschaftliches Abitur vor und steht kurz vor dem Militärdienst. Er hat an Selbstbewusstsein gewonnen. Nach der Armee will er sich an der Universität einschreiben. Seltsamerweise nimmt das Wiedersehen, auf das er sich so lange gefreut hat, feindselige Züge an. Weit davon entfernt, die Seinen zu beglückwünschen, beschimpft er sie. Er kann es nicht ertragen, dass sie einfach so auftauchen, ohne Geld, nur mit Pappkoffern. Tunesien auf diese Weise zu verlassen, ist gleichbedeutend mit dem Verzicht auf Khamaïs' Erbe. Er wirft ihnen vor, sie hätten nie etwas unternommen, um wiederzuerlangen, was ihnen zusteht. An ihrer Stelle hätte er bis zum Ende gekämpft.

Ein weiterer Wutanfall, ein mörderischer Ausbruch wird ihn packen und bis ans Ende seines Lebens verzehren. Im September 1966 beginnt er seine Ausbildung bei den Golani, einer Infanteriebrigade, die im Norden des Landes stationiert ist. In den Briefen an seinen Freund Yoshua redet er kaum von seinem Leben als Wehrpflichtiger, außer in lapidaren Sätzen wie: »Es ist sehr hart, sehr anstrengend, aber irgendwann gewöhnt man sich daran.« Sobald es um ihn geht, schweigt er, vielleicht hat er auch Angst, irgendein Geheimnis preiszugeben. Und dann schreibt er eines Tages: »Gott sei Dank geht es mir besser. Das Wichtigste ist, den Frieden wiederzufinden.«

Zwischen den beiden Nachrichten liegt ein Datum: der 9. Juni 1967. Jacob erlebt seine Feuertaufe am fünften Tag eines Krieges, der nur sechs Tage dauern sollte und als der überwältigendste und schnellste Sieg Israels in die Geschichte eingehen wird. Die Heldentat, an der er teilhat, ist auch eine der blutigsten. Um die Mittagszeit bricht sein Bataillon zum Angriff auf die Golanhöhen auf, eine zerklüftete, mit schwarzem Gestein bedeckte Hochebene, die von zahlreichen Vulkankegeln überzogen und bis zu zweitausend Meter hoch ist. Der von Panzern unterstützte Angriff findet am nördlichen Rand dieser natürlichen Festung statt, dort, wo der Steilhang am extremsten ist, also dort, wo der Feind ihn am wenigsten erwartet. Ganz oben verfügt die syrische Armee über Kasematten, die durch Stollen miteinander verbunden sind, von denen aus sie regelmäßig die darunterliegenden Kibbuzim bombardiert. Minenfelder und Stacheldrahtreihen machen die Stellungen noch schwerer einnehmbar. Die Angreifer fallen unter dem Beschuss durch Kugeln und Mörsergranaten. Einer ihrer Panzer nach dem anderen wird zerstört. Die Kämpfe enden im Nahkampf in den Büschen, Schützengräben und im Inneren der Bunker. Als die Sonne untergeht, haben die Golani gesiegt, beklagen aber etwa dreißig Tote, die Syrer zählen doppelt so viele. Jacob wird sich nie davon erholen.

Danach litt er unter verschiedenen Beschwerden, denen man zu jener Zeit keine große Beachtung schenkte oder die man tendenziell eher losgelöst voneinander betrachtete, ohne ihre Merkmale und ihren gemeinsamen Ursprung zu erkennen. Zu dieser Zeit lebte seine Familie in einer bescheidenen Unterkunft in Ra'anana, in der Nähe der Küste. »Als er zu uns zurückkam, war er ganz schwarz und staubbedeckt. Wir konnten ihn nicht ansehen. Er wandte sich ab und weinte. Wir fragten ihn: ›Was ist denn passiert?‹ Und er antwortete nicht«, erzählte mir Itzhak später. »Er hatte Schwierigkeiten, sich zu konzentrieren. Er seufzte die ganze Zeit, keuchte, stieß immer wieder solche ›Aahs!‹ aus. Wir wussten nicht, woran es lag.« Er hatte ihnen nicht von seiner Verletzung an der Lippe erzählt. Übrigens hatte er niemandem irgendetwas gesagt.

Ein Jahr nach seiner Rückkehr ins Zivilleben brach er nach Europa auf. Sein jüngerer Bruder bedauert das bis heute: »Wenn er hiergeblieben wäre, hätte er vielleicht als Abgeordneter in die Knesset gewählt werden können«, sagte er. Tief im Inneren blieben Itzhak und seine engsten Freunde davon überzeugt, dass Jacob sein Land verlassen hatte, um ihm besser zu dienen, berufen zu einer Mission von höchster Wichtigkeit, die natürlich geheim gehalten wurde und über die sie nur Vermutungen anstellen konnten, womit sie seine Legende vervollständigten.

DAS KIND TURNT um einen vollbeladenen Kofferkuli herum. Die Eltern wirken erschöpft. Mit einem Blick hast du sie bereits in die richtige Schublade gesteckt. Man begeht selten einen Anschlag als Familie. Mit müder Geste halten sie dir ihre Flugtickets und nachtblauen Pässe hin. Du sprichst sie auf Hebräisch an. Ohne zu versuchen, sie besser kennenzulernen, dich näher mit ihnen zu befassen, leierst du mechanisch deine Fragen herunter: »Gehören die Koffer Ihnen?«, »Wer hat sie gepackt?«, »Sind sie seitdem immer bei Ihnen geblieben?«, »Hat Ihnen jemand ein Geschenk überreicht? Ein Päckchen?«, »Transportieren Sie eine Waffe, einen stumpfen Gegenstand oder Ähnliches?« Routine. Du klebst deine Etiketten auf ihr Gepäck und trittst beiseite, um sie durchzulassen. Ihr Knirps hat die Gelegenheit genutzt, um auszubüxen. Die Frau rennt ihm hinterher und schreit durch das Terminal.

Du konzentrierst dich bereits auf den nächsten Reisenden. Exakt in diesem Moment, in dem du noch nichts über ihn weißt, appellierst du an deine Sinne, mobilisierst einen fast tierischen Instinkt. Du weißt, dass Angst einen Geruch hat. Du nimmst in der Luft hängende Moleküle wahr, erschnupperst einen Anstieg von Adrenalin, einen Hauch von Pheromonen. Du beobachtest seinen Gang und registrierst den Rhythmus seiner Atmung. Du bleibst an seinen Augen hängen. Es genügt, wenn der Mann auf einen imaginären Punkt weit hinter dir starrt und alles ignoriert, was um ihn herum passiert – die sich vor dem Schalter drängende Menschenmenge, das sich umarmende Paar oder den kleinen Jungen, den die Mutter endlich eingesammelt hat –, um dich in Alarmbereitschaft zu versetzen. Das bedeutet, dass seine Gedanken sich auf ein einziges Objekt konzentrieren – und jetzt willst du um jeden Preis wissen, welches.

Graumelierte Schläfen, dunkler Anzug, Krawatte, Aktenkoffer. Der Mann wird um die 40 sein. »Was ist der Grund Ihrer Reise?«, »Geschäfte?«, »Werden Sie von jemandem erwartet?«, »Könnten Sie dessen Namen nennen?« Seine kultivierte Art beeindruckt dich nicht. Mit seiner vordergründigen Höflichkeit versucht er nur, dich zu beeinflussen. Du bittest darum, seinen Terminkalender einsehen zu können. Er zeigt sich erstaunt, sträubt sich, beruft sich auf das Berufsgeheimnis, die Achtung der Privatsphäre und andere große Prinzipien. Du hast seine Gelassenheit durchbrochen. Hätte er anders reagiert und widerspruchslos seinen Terminkalender geöffnet, wärst du misstrauisch geworden. Du insistierst, und bleibst dabei vollkommen ruhig. Schließlich gibt er nach. Er hat die Wahrheit gesagt. Du entzifferst Adressen, Termine. Jetzt blätterst du seinen Reisepass durch. Die Seiten sind bedeckt mit roten oder schwarzen Stempeln. Alles kurze Aufenthalte in neutralen, wenn nicht befreundeten Staaten. »Gehen Sie weiter.«

Woran erkennt man, ob jemand lügt? An der Art, wie er spricht? An seiner Mimik? An der Haltung? Du musterst seinen Körper, der sich hier auf ein Gesicht beschränkt. Du erforschst seinen Mund. Das Fehlen von Speichel kann auf die Einnahme eines Medikaments zurückgeführt werden oder ganz einfach auf Dehydrierung, aber auch auf Stress. Im Zweifelsfall gehst du strikt nach Vorschrift vor. Du befragst ihn. Lange. Du folgst keinem roten Faden oder vorgefertigten Muster. Du improvisierst auf Grundlage dessen, was er dir erzählt. Du lässt dich von der Dynamik des Gesprächs leiten. Indem du ihn nach Einzelheiten fragst, nach scheinbar unwichtigen Punkten, gelingt es dir, die Wahrheit von der Unwahrheit zu unterscheiden. Wenn er wirklich getan hat, was er behauptet, muss er dir ohne Zögern antworten können. Hat er zu Hause oder im Hotel übernachtet? War er in Begleitung? Ist er mit dem Taxi zum Flughafen gekommen? Sobald er nach Worten sucht, Allgemeinheiten von sich gibt oder im Vagen bleibt, reagierst du nicht, klebst aber eine von eins bis drei nummerierte Marke auf seinen Ausweis, je nachdem, wie verdächtig du ihn findest, so wie man einen Verurteilten mit einem glühenden Eisen brandmarkt, und dann übergibst du ihn deinem Vorgesetzten.

Du weißt, dass für ihn jetzt die Scherereien anfangen. Dabei ist das der Teil deines Berufs, den du am meisten magst. Reden, zuhören, einen anderen persönlich befragen. Aber ist das ein Beruf? Du siehst es als eine Fortsetzung des Militärs. Du magst zwar keine Uniform mehr tragen, aber du vergleichst dich mit einem Soldaten, mit einem Wachposten, der an die Front eines mittlerweile weltweiten Krieges geschickt wurde. Offiziell arbeitest du für El-Al als Sicherheitsmann. Es ist nur vernünftig zu denken, dass du eher zur inneren Sicherheit gehörst.

Seit der Entführung des Fluges 426 nach Tel Aviv ist dieser Geheimdienst, der unter dem Akronym Shin Bet bekannt ist, autorisiert, außerhalb von Israel aktiv zu werden – was bis dahin ein Vorrecht des Mossad war. Hunderte junger Männer, die meist nach dem Ende ihrer Wehrpflicht rekrutiert wurden, sind ins Ausland geschickt worden, um alle Orte und Einrichtungen zu schützen, die Ziel eines Angriffs sein könnten: Botschaften, Banken, Tourismusbüros usw. Vorrangig bewachen sie die nationalen Fluglinien. Sie sind an den Check-in-Schaltern oder in den Büros der Fluggesellschaft tätig, ja sogar an Bord ihrer Flugzeuge, wo sie sich als einfache Passagiere ausgeben.

Du bist einer von ihnen, nicht wahr? Im Zuge deiner Einsätze wechselst du Land und Stadt. Du wirst von einem Flughafen zum nächsten expediert. Bevor du nach Europa gekommen bist, hast du einen Monat lang in einem unauffälligen Gebäude in einem Vorwort von Tel Aviv ein Training absolviert. Du weißt, wie man eine nicht autoritäre Befragung durchführt, den Inhalt eines durchleuchteten Koffers analysiert, eine Handfeuerwaffe erkennt und Sprengstoff identifiziert. Du kennst die Zusammensetzung von Semtex und die Grundlagen der Sozial- und Verhaltenspsychologie. Und dein Schädel ist vollgestopft mit konkreten Fällen. Während des Lehrgangs kommen regelmäßig Veteranen des Hauses vorbei, um euch von ihren Erfahrungen zu erzählen. Von all diesen Berichten über vereitelte oder nicht vereitelte Attentate hast du dir natürlich die Geschichte des Mädchens gemerkt, das ohne sein Wissen in eine menschliche Bombe verwandelt wurde. Sie ist kaum achtzehn Jahre alt. Sie kann Engländerin, Niederländerin oder Peruanerin sein – denn dieser Modus Operandi hat sich mehrfach wiederholt – und hat sich von einem dunklen, gutaussehenden Mann unbestimmter Nationalität verführen lassen. Auf Wunsch ihres Geliebten fliegt sie nach Israel, mit Plastiksprengstoff in den Tiefen ihres Koffers, was sie natürlich nicht weiß.

Auf diese Weise wurde ein paar Monate früher eine in einem Kassettenrekorder versteckte Bombe an Bord einer Boeing der El-Al geschleust, die die offenbar sehr gefährliche Strecke zwischen Rom und Tel Aviv bediente. Die Explosion ereignete sich auf 12 000 Fuß. Glücklicherweise enthielt die Ladung nur zweihundert Gramm Sprengstoff, nicht ausreichend, um den Rumpf zu durchschlagen. Das Flugzeug drehte um und führte eine Notlandung durch.

Vor diesem Hintergrund löst der Anblick einer allein reisenden jungen Frau bei dir eine ganze Reihe von Alarmsignalen aus. Gesichter sind Wälder aus Zeichen. Ihres ist ausdruckslos. Wie alle Menschen lebst du auf der Grundlage von Annahmen. Auf die Menschen, die an dir vorbeiziehen, wendest du Stereotypen an. Die Wahrscheinlichkeit, dass ein Jude einen Terroranschlag auf seinesgleichen verübt, erscheint dir gering. So ist das. Du interessierst dich also weniger für ihre Religion als für ihre Herkunft. Du könntest einfach danach fragen, aber das darfst du nicht. Also lavierst du. Du fragst sie, ob sie ein paar Worte Hebräisch kann, ob sie Verwandte in Israel hat, ob sie das Land schon einmal besucht hat und, wenn ja, zu welchem Anlass, war es zu den Feiertagen? Pessach vielleicht? Sie liefert dir keinerlei Hinweis. Schlimmer noch, sie verheddert sich, wird immer nervöser. Mit der Zeit hast du gelernt, diejenigen, die etwas verheimlichen, von den Ängstlichen, den Empfindsamen zu unterscheiden, von all jenen, die bei einer eingehenderen Befragung die Nerven verlieren. Diesmal bist du mit deinem Latein am Ende.

Freunde oder Feinde? Wir oder sie? Als ließe sich die ganze Welt auf diese Frage reduzieren. Ich glaube gerne, dass die binäre Logik, die dich erfüllt, dich manchmal vor moralische Probleme stellt, zweifle aber daran. Du bleibst zu sehr von der Angst und der Gewalt der Kämpfe geprägt, von der Ablehnung deines früheren Lebens und von allem, was damit zusammenhängt. Was wirst du tun? Da steht sie, vor dir. Sie wartet, ratlos. Die Sache ist klar. Du entscheidest dich für die einfachste Lösung. Anstatt deine und ihre Zeit zu verschwenden, schickst du sie direkt zur Leibesvisitation.

Deine Tätigkeit ähnelt einem Profiling, das stattfindet, noch bevor die Tat begangen wird. Du erstellst Phantombilder. Du steckst Menschen in Schubladen. Wie ein Physiognomiker früher errätst du ihre Absichten aus ihren Gesten, ihren Regungen und vor allem aus ihrem Gesichtsausdruck.

Besser als jeder andere weißt du, niemand kommt ohne Maske voran. Je nach Gesprächspartner oder abhängig von der Gruppe, in der er sich bewegt, zeigt jeder eine andere Seite von sich. Du erforschst gerne alle Verstellungen, zu denen ein Mensch fähig ist. Du interessierst dich für Masken, für diese erstarrten Mienen, die keine Menschen mit Gefühlen verkörpern, sondern die Gefühle selbst. Durch das gründliche Erforschen all dieser Köpfe stellst du fest, wie sehr die Menschen sich ähneln. »Es wird immer nur einen einzigen Menschen geben, und er ist vollständig in einem Jedem von uns.« Diesen Satz von Jean Genet könntest du für dich beanspruchen. Und gleichzeitig überprüfst du Tag für Tag, wie unmöglich es ist, einen anderen Menschen einzukreisen, zu erfassen, was er ist.

MIT SEINEM KRANZBART, der Sonnenbrille und dem weißen Laborantenkittel erkennt man ihn kaum. In einem Atelier voller Gerüste, Wannen und Gipssäcke präsentiert er, was sein letztes Werk zu sein scheint. Er deutet mit dem Finger auf zwei große abgezehrte Gestalten, die sich ineinander verschlingen, als führten sie eine Sarabande auf. Seine lamellenförmige Skulptur, die mit Leere und Licht spielt, beschreibt durchscheinende Spiralen in der Mitte des Raums. Ein wenig erinnert sie an die gestreckten Figuren eines Giacometti. Das Foto, das sein Sohn David wiedergefunden hat, stammt vom Dezember 1972. Zu der Zeit studiert Jacob an der École nationale des Beaux-Arts in Paris.

Auf einem anderen Foto, das ungefähr aus der gleichen Zeit stammt, posiert er mit nacktem Oberkörper vor einem Tapeziertisch, mit zerzaustem Haar, fiebrigem Blick, ekstatisch, fast verrückt. Auf dem Brett hinter ihm sind Statuetten und Büsten in verschiedenen Stilen aufgereiht. In beiden Fällen vermittelt er das Bild des Künstlers, der in Rausch und Qualen der Schöpfung gefangen ist. Er verwirklicht, was er schon immer tun wollte. Die Kunst begeistert ihn seit der Kindheit. Sie ist für ihn so etwas wie ein Reflex, fast eine zweite Natur. Sobald er sich irgendwo hinsetzt, greift er nach einem Bleistift, einem Blatt Papier und zeichnet. Arabesken, geometrische Muster, Genreszenen, Landschaften. Ohne Vorstudie, ohne überhaupt darüber nachzudenken, so wie man eine Seite vollkritzelt, während man am Telefon plaudert.

Er ist im dritten Studienjahr. Am Quai Malaquais an der Seine setzt er sein Studium der bildenden Künste fort, das er zwei Jahre zuvor an der Universität Luminy in Marseille begonnen hatte. Parallel dazu studiert er Architektur. Wieder einmal ist es verlockend, dies als Folge seiner chaotischen Jugend zu sehen. Der Vagabund brennt darauf, zu bauen. Der Exilant strebt danach, Brücken zwischen fernen Ufern zu schlagen. Die Waise sucht nach einem Fundament. Einer Basis. Jacob will das Solide, das Harte, aber auch Träume, Atem, Emotion.

Alles deutet darauf hin, dass sein Fotoalbum zu diesem künstlerischen Weg gehört. Wenn man sich auf die Daten auf dem Vorsatzblatt verlässt, beginnt sein Projekt genau zu diesem Zeitpunkt, Form anzunehmen. Es keimt in Gips und Terpentin. Es zeugt vom kulturellen und ästhetischen Brodeln nach ’68. Was das betrifft, so muss ich leider sagen, dass der Student der Kunsthochschule keinerlei Originalität zeigt – und höchstwahrscheinlich ist das der Grund, warum er seine Fototafeln für sich behält, sie nur seinen Geschwistern zeigt und dann wieder in einem Karton verstaut.

Vor ihm gab es André Breton und seine Surrealistenfreunde, den Meister der Pop-Art Andy Warhol und seine Factory oder Richard Avedon, der ab Ende der 1950er Jahre die Stars seiner Zeit in den Fotoautomaten seines New Yorker Studios einlud. Im selben Jahr, also 1972, stellt der italienische Künstler Franco Vaccari seinerseits eine Fotokabine auf die Biennale in Venedig und lädt die Besucher dazu ein, an den Wänden einen Zelluloidbeweis ihrer Anwesenheit zu hinterlassen. Vierzigtausend Menschen machen bei dem Experiment mit. Ist unser Held einer von ihnen? Danach kommen Cindy Sherman, Michel Folco und sein Doppelgänger, die Figur des Nino in *Die fabelhafte Welt der Amélie*. Und noch viele andere.

All das macht er nur in Teilzeit, da er zudem seine Brötchen verdienen muss. Er war schon immer knapp bei Kasse. Wen könnte er um Geld bitten? Seine Familie ist ebenfalls blank. Er kann sich nicht einmal eine eigene Miete leisten. Er hat keine Wohnung und schläft mal bei dem einen, mal bei dem anderen und nutzt die alte Solidarität der Insulaner. Wie Korsen, Malteser oder Mauritier kümmern sich Auswanderer »aus dem großen und dem kleinen Viertel« um die Ihren. In Paris und noch stärker in Marseille ist die djerbische Diaspora fest verwurzelt. Jacob findet immer einen Freund eines Freundes oder einen entfernten Cousin, der bereit ist, ihn bei sich aufzunehmen.

Um sein Studium zu finanzieren, hat er einen Job besonderer Art ergattert: Zwischen den Vorlesungen sorgt er für den Schutz israelischer Interessen auf französischem Boden. In Marseille bewacht er die Büros des Keren Hayesod, des Finanzorgans der zionistischen Bewegung, zwischen Rue Breteuil und Rue Sylvabelle, oder das Terminal der Zim Lines im Hafen von La Joliette. Adressen, die man später auf seinen orangefarbenen Etiketten wiederfinden wird. Er ist auch mit der Kontrolle der El-Al-Passagiere betraut, die von Marignane aus starten. Es ist stark zu wetten, dass sein Umzug nach Paris im September 1972 einer Bitte seiner Arbeitgeber entspricht. Man braucht Verstärkung am Flughafen von Orly.

Mit der Zeit sammelt er Erfahrung und wird befördert. Er wird *Shift Manager* oder Teamleiter. Er ist derjenige, der zu Hilfe gerufen wird, wenn es Probleme gibt. Er löst seine Untergebenen ab und treibt die Befragung des Verdächtigen voran und entscheidet, ob er einer vollen Leibesvisitation unterzogen wird oder nicht bzw. ob er bis zum Boarding überwacht wird und während des Fluges einen bewaffneten Wachmann als Sitznachbarn bekommt. In diesem sehr unbeständigen Kontext von Misstrauen, Zweifel und intensiver Neugierde wird Jacob seine zukünftige Frau kennenlernen.

Ob sie zunächst sein Misstrauen geweckt hat? Sie ist jung, hübsch, frei, vielleicht unbekümmert. Alles in allem entspricht sie dem Bild der jungen Risikofrau, empfänglich für den Charme eines gefährlichen Terroristen. Hat er ihr Gepäck geöffnet und nach und nach ihre Habseligkeiten durchgesehen, auch die intimsten, und hat er auf Grundlage dieser wenigen Indizien zu ergründen versucht, wie ihr Leben aussehen könnte?

Eine romanhafte, aber sehr unwahrscheinliche Hypothese. Erstens: Sie reist nicht allein. Zweitens kennt er die Person, die sie begleitet. Es ist eine seiner Schülerinnen. Eine gewisse Colette. Neben seinen zahlreichen anderen Aktivitäten unterrichtet Jacob Hebräisch bei der Jewish Agency – man fragt sich, wie er das alles schafft. »Nicht zu glauben, der Typ da ist mein Lehrer!«, ruft besagte Colette, bei der man sich vorstellen kann, wie erleichtert sie ist, einer regelkonformen Leibesvisitation zu entgehen. Sie begrüßt ihn und stellt ihm ihre Freundin vor, deren Pass er vielleicht schon prüft. Etwa zwanzig Jahre alt, helle Haut, kastanienbraunes Haar, blaue Augen – Rosine Fishman beendet gerade eine Ausbildung zur Kosmetikerin und ist auf dem Weg zu ihrem Freund nach Israel. Den wird sie schnell vergessen. Der Sicherheitsbeamte und die junge Frau fühlen sich sofort zueinander hingezogen. Liebe auf den ersten Blick, inmitten von Kofferkulis, Gepäckstücken, Gedränge, genervtem Geschrei und von unsichtbaren Lautsprechern verbreiteten, immer dringenderen Aufrufen, sich an Bord zu begeben.

Als Rosine aus dem Urlaub zurückkommt, sieht sie ihn wieder, wahrscheinlich durch Vermittlung ihrer Freundin. Gefangen in einer fast kartesianischen Logik, ziehen sie schließlich zusammen. Sie wird schwanger. Schließlich vereinen sie sich unter dem Traubaldachin. Das Festmahl findet an einem Oktobersonntag in einem großen Restaurant im Bois de Boulogne statt. Auf der Speisekarte stehen flambierter Barsch, frische Gänseleber und Suprême von der Ente. Wieder einmal wird Jacob sich unter seiner Schwiegerfamilie und deren Freunden ein wenig deplatziert gefühlt haben. Er kennt fast niemanden. Seine Mutter oder seine Geschwister hat er nicht eingeladen. Er hat sie nicht einmal informiert, dass er heiratet.

Die Fishmans gehören zu einer anderen Welt. Sie stammen aus Polen, besitzen ein bedeutendes Pelzunternehmen mit einer Niederlassung in Paris und einer weiteren in London. Der

Vater ist gerade gestorben. Die Mutter hat die Leitung der Firma übernommen. Sie bietet ihrem neuen Schwiegersohn an, in ihrem Geschäft in der Rue d'Hauteville zu arbeiten, um für den Lebensunterhalt der Familie sorgen zu können. Es gefällt ihm dort nicht und nach einem halben Jahr geht er wieder. Unmittelbar danach besucht er einen Lehrgang im Bereich Elektronik und wird Reparateur von Bürogeräten. Nach weniger als einem Jahr kündigt er. Hier sagt es ihm auch nicht zu.

Und wo bleibt bei all dem die Kunst? Und seine Leidenschaft für Bildhauerei und Fotografie? Und seine Karriere als Architekt, die sich vor ihm auftut? Im Juni 1978 legt er zwei Monate nach der Geburt seiner Tochter sein Examen ab. In der Abschlussarbeit beschäftigt er sich mit den Erbauern von Synagogen. Aber er macht nichts damit. Seine Frau versteht seine Willenlosigkeit nicht. Sie drängt ihn, nach vorne zu schauen. Sie sucht ihm sogar einen Job. Ein Architekturbüro sucht jemanden nach den Sommerferien. Beim Vorstellungsgespräch sträubt er sich, weicht aus. Tut mir leid, zu diesem Zeitpunkt kann ich nicht. Danach, wenn Sie möchten. Er hat geplant, die Feiertage Rosh Hashana und Jom Kippur mit seiner Mutter in Ra'anana zu verbringen. Auf keinen Fall wird er die Reise verschieben. Er wird niemals einen Tempel bauen.

Als er die Seinen in Israel wiedersieht, präsentiert er ein völlig anderes Bild von sich selbst. Er geriert sich als Familienoberhaupt. Es gelingt ihm, sie trotz ihrer Differenzen alle zusammenzubringen, er überhäuft sie mit Geschenken, nimmt sich Zeit für jeden Einzelnen. Er hört ihnen zu, ermutigt sie mit einem Nicken, das Wort zu ergreifen, und gibt ihnen Ratschläge, ohne seine Ansichten durchzusetzen.

Sein Neffe erinnert sich gerührt an seine Besuche. Amos ist der Sohn von Leah, der Ältesten der Geschwister. Während meines Aufenthalts in Israel hatte er mich bei sich zu Hause in Rehovot empfangen, in einer schönen Designerwohnung oben in einem Hochhaus. Er nannte seinen Onkel unterschiedslos Jack oder Zakine: »Wir waren sieben Geschwister. Jack befragte uns einen nach dem anderen. Er fragte uns, wie es in der Schule lief, was wir später mal machen wollten. Er schenkte uns Bücher und Bilder. Er erzählte uns Geschichten.«

Als Kind lebte Amos mit seinen Eltern in einer Sozialwohnung in Schuna Daleth, dem »Viertel D«, einem der verrufensten Viertel von Beer-Sheva. Mit vierzehn arbeitete er auf dem Bau. »Meinen Lohn gab ich bei meiner Mutter ab. Wir waren sehr arm. Als wir von Djerba wegzogen, verloren wir alles. Unseren Besitz, unsere Kultur, unsere Sprache.« Er behauptete, dass er ohne die Ermutigung seines Onkels niemals seine Ausbildung fortgesetzt hätte und so weit gekommen wäre. »Er war ein Vorbild für mich. Bei ihm gab es keine Grenzen. Man konnte sich alles erlauben.« Amos ist Absolvent des Massachusetts Institute und leitet heute die Verkaufsabteilung eines großen Konzerns für Robotertechnik.

Itzhak hat dieselbe Überzeugung. Ohne Jacob hätte er einen ganz anderen Lebensweg verfolgt. Mit zwanzig lebte er ebenfalls in Schuna Daleth. In dieser Verbrechens- und Drogenhochburg hatte er einen Nachtclub eröffnet. Jacob war noch nicht nach Frankreich gegangen. Als er von Itzhaks Umtrieben erfuhr, kam er sofort, um seinen Bruder zu holen. Er sprach ein Machtwort, sorgte dafür, dass er nach Jerusalem zog und sagte ihm: »Du gehst nicht mehr nach Beer-Sheva zurück. Wir sind nicht zum Spaß hier!« Er zwang ihn, mit seinem schlechten Umgang zu brechen und sich an der Universität einzuschreiben.

Jacob, der Held. Für alle ist er der verlorene Sohn, der es geschafft hat. Wie sollte man einem solchen Charakter nicht einige Bravourakte zuschreiben? Er schmückt sich nicht damit? Dann darf er wohl nicht darüber sprechen. Seine Zurückhaltung, seine Geheimnisse, sein Schweigen entsprechen seinem Bedürfnis, unbemerkt zu bleiben. Und sind die bemerkenswertesten Menschen außerdem nicht auch die bescheidensten? Seine offensichtlichen Misserfolge, seine Unfähigkeit, seinen Weg zu finden, lassen sich nur durch die Existenz eines Doppellebens erklären. Er ist weder Künstler, noch Architekt, noch Hebräischlehrer, noch Kürschner, noch Elektroniker, nicht einmal Sicherheitsbeamter. All das sind nur Tarnungen. Was er wirklich ist oder besser was er war, glaubte Itzhak zu wissen. Er war sich nicht sicher, aber wie kann man das sein in einer Welt, in der der falsche Schein regiert? Am Ende eines unserer Gespräche bei ihm in Kiryat Shmona hatte er mir mit gesenkter Stimme anvertraut: »Ich glaube, Zakine arbeitete für den Mossad.«

Warum nicht? Er kommt aus einer Kampfeinheit. Er spricht fließend Arabisch, Hebräisch und Französisch. Er hat in mehreren Ländern gelebt. Er erfreut sich einer guten körperlichen Verfassung. Er ist sowohl gesellig wie einzelgängerisch, vorsichtig wie wagemutig. Auf dem Papier vereint er einige der Eigenschaften, die man von einem Spion erwartet. Aber wie kann man das überprüfen? Es gehört nicht zu den Usancen des Mossad, die Namen seiner Agenten zu nennen. Seine Telefonnummer findet sich in keinem Telefonbuch. Und an wen sollte man sich wenden? Noch heute ist er die einzige israelische Behörde, die keinen Pressesprecher hat. Bis vor kurzem wusste man nicht einmal, wer ihn leitet.

In der Zeit, die uns interessiert, laufen die meisten seiner Aktivitäten in Europa. Einen Informanten rekrutieren, an die Pläne für eine Rakete kommen oder einen Atomwissenschaftler ermorden – all das gelingt in Paris leichter als in Bagdad. Es ist weniger gefährlich und genauso effektiv. Das »Institut« mobilisiert dutzende von Personen auf französischem Staatsgebiet. Nicht nur nachrichtendienstliche Führungsoffiziere oder bewaffnete Kommandos, sondern auch Zuarbeiter, Kuriere, Gastgeber, Schläfer, die bereit sind, zu gegebener Zeit logistische Hilfe zu leisten. Ist Jacob ein Gelegenheitsarbeiter? Ein Teilzeitschlapphut?

Da ich nicht in der Lage war, das Mutterhaus zu befragen, griff ich zunächst auf Spezialisten zurück. Einer von ihnen, sicherlich der beste Kenner der Geheimdienste des hebräischen Staates, fragte mich nach seinem Namen und seinem Geburtsdatum. Ich nannte ihm die vollständigen Familienstandsangaben. Er antwortete mir spät am Abend: »*Unfortunately, I don't know him*«. Ich weiß nicht, ob er in der Zwischenzeit eine seiner Quellen, in seinem Besitz befindliche Listen oder einfach nur sein umfangreiches Gedächtnis konsultiert hatte.

Daraufhin wandte ich mich an einen ehemaligen Offizier, nicht des Mossad – tut mir leid, so etwas fehlt in meinem Adressbuch –, sondern des Aman, des israelischen Militärgeheimdienstes. Gewissermaßen ein Cousin. Er war sehr bestimmt: »Wenn dieser Herr für die Sicherheitsabteilung der El-Al gearbeitet hat, kann er unmöglich dem Mossad angehört haben. Allenfalls könnte er ein Mitarbeiter von Shin Bet gewesen sein, aber das glaube ich nicht. Nach dem, was Sie mir erzählen, handelte er ungedeckt. Er war klar identifiziert. Das Gegenteil eines Geheimagenten.« Und die Äußerungen seines Bruders Itzhak? Er breitete die Arme aus und zog die Augenbrauen hoch: »Was wollen Sie? Alle lieben Mythen.«

Auch Amos glaubte nicht daran. Er, Jacob, ein Spion? Unmöglich, versicherte er. Ob er sich gewünscht hätte, einer zu werden? Vielleicht. Sein Onkel habe nie getan, was er wollte. Sein ganzes Leben lang habe er in einem ewigen »Zwischenreich« gesteckt. Das waren seine Worte. Er hatte auch seine eigene Sicht auf das Album. Seiner Meinung nach war Jacob ein Sammler. Seine Fotos waren für einen genauen Zweck bestimmt, einen Pass, einen Studenten- oder Personalausweis. »Jedes Mal verwendest du nur eines und behältst die anderen drei. Ich habe hunderte von denen«, sagte er. Seine Etiketten zeugten auch nicht von einem umherirrenden Leben, sondern von der Neigung, alles aufzubewahren, alles festzuhalten, selbst die unbedeutendsten Dinge. »Sobald er jemanden kennenlernte, notierte er sich dessen Adresse.«

Jacob wäre gerne wieder nach Israel zurückgekehrt, aber Rosine wollte das nicht. Also beschloss er, sich stattdessen seiner Gemeinde zu widmen. Er erhielt ein Hebräisch-Zertifikat vom *Institut national des langues et civilisations orientales,* den *Langues O',* um den Beruf des Dolmetschers ausüben zu können. Regelmäßig nahm die israelische Botschaft bei offiziellen Besuchen seine Dienste in Anspruch. 1983 trat er in den *Fonds social juif unifié* ein, den Vereinigten Jüdischen Sozialfonds, der, wie sein Name schon andeutet, den Juden Frankreichs in allen Belangen Hilfe leistet, dann trat er dem Gemeindevorstand bei, der, seit Napoleon, den israelitischen Kultus organisiert.

Von da an beschloss er, sich nützlich zu machen. Er widmete sich den anderen. Hatte er endlich seine Berufung gefunden? Das Vereinswesen ist nicht frei von Schwerfälligkeit und Bürokratie, Rivalitäten und Missgunst. Egal, wie großzügig seine Absichten waren, unwillentlich wurde er zu einem Rädchen in einer großen Maschine. Ein Angestellter, ein Verwaltungsbeamter, und dafür war er, wie Rabbi Atlan sagte, vielleicht nicht geschaffen.

DU BIST NUR ein Mensch. Ein Anonymus mit vielfältigen Namen, mit einem riesigen und winzigen Leben. Ein gewöhnlicher Held von absoluter Einzigartigkeit, mit einem Schicksal, das Millionen von Menschen teilen. Du wirfst uns auf unser Menschsein zurück, auf unsere Einsamkeit, unsere Verletzlichkeit, unsere unerfüllten Sehnsüchte, auf unser Streben nach Anerkennung, auf unsere Lebenstollheit. Du bist ein Kind aus Djerba, ein Einwanderer aus Petah Tikva, ein Soldat der Tsahal, ein Weltreisender, ein Student aus Marseille, ein Wahlpariser. Zugleich französisch, jüdisch, israelisch, tunesisch, in dieser Reihenfolge und, vielleicht, auch in einer ganz anderen.

Du heißt Jacob oder auch Yaaqov. Als Vornamen trägst du ein im Futur konjugiertes Verb. Im Hebräischen bedeutet es »Er wird folgen«. In der Genesis benannte Rebekka so ihren Lieblingssohn, der zugleich auch der mickrigste, verletzlichste war, um ihm eine Zukunft zu ermöglichen. Obwohl er, verglichen mit seinem Zwillingsbruder Esau (eine Naturgewalt, der zudem noch die Gunst ihres Vaters Isaak genoss), zwar nicht gerade dem Untergang geweiht, aber doch in einer schlechten Ausgangssituation schien, sollte es mit Yaaqov weitergehen. Gewiss, ein bewegtes Leben, mit Höhen und Tiefen, aber er würde alles daransetzen, seinem Lauf eine andere Richtung zu geben.

Der biblische Yaaqov hat nie Frieden gekannt. Seine Geschichte ist eine einzige Abfolge von Prüfungen. Dennoch war er der Akteur seines Schicksals. Mit List und Tücke raubte er seinem Bruder das Erbe, eignete sich dessen Identität an, um den Segen des erblindeten Isaak zu erhalten, und musste sich – um der Rache des einen und dem Zorn des anderen zu entgehen – für fast zwei Jahrzehnte ins Exil nach Mesopotamien begeben. Bei seiner Rückkehr fürchtete er, sich Esau und seiner Armee stellen zu müssen. Stattdessen kämpfte er eine ganze Nacht lang mit einem Engel, der vielleicht sein Doppelgänger war. Er ging aus dem Kampf hinkend, mit einer ausgekugelten Hüfte hervor, aber sein geheimnisvoller Gegner gab ihm zur Belohnung einen neuen Namen: Israel, wörtlich »Gottesstreiter«.

Wie er kämpfst du in Vermächtnis-, Eifersuchts- und Abstammungsangelegenheiten, und auch du bist in einem ständigen Prozess des Werdens. Du wechselst die Existenz, den Namen, das Land. Du sammelst dich an. Du häufst dich an. Das ist eine Manie von dir. Du sammelst Identitäten, wie andere Menschen Briefmarken oder Orangenpapiere sammeln. Du bist viele, so viele, dass man Mühe hat, dir zu folgen. Welchen Weg unter all deinen Spuren wählen? Die einen nennen dich Zakine oder Zakino, die anderen Jacob, Yaaqov, Jacky oder Jacques … Und du? Wie bezeichnest du dich selbst? Bist du überhaupt der, der deinen Namen trägt?

Auch in deiner Maschine setzt du dich fort. Du reproduzierst dich ins Unendliche. Bevor du deine Passfotos in kleine Rechtecke zerschneidest, erinnern sie, eines hinter dem anderen auf einem Streifen Fotopapier, mit ihren vier klaren Zwischenlinien an Leitern. Gerade so wie die von Yaaqov, dem Patriarchen. Seine Trittleiter, so heißt es, ermöglicht den Zugang zum Himmel. Wohin deine führt, weißt du nicht. Du kletterst sie mit großen Schritten hinauf, manchmal noch schneller hinunter, denn gelegentlich kämpfst du auch gegen dich selbst, doch du bleibst niemals stehen.

Bei besonderen Anlässen, wenn du dein Glas auf das Wohl deiner Gäste erhebst, musst du die rituellen Worte »Leh'-ayim!« aussprechen, was nicht, wie so oft übersetzt, »Auf das Leben« bedeutet, sondern »Auf die Leben!«

Mit zunehmendem Alter kommt man immer häufiger auf Friedhöfe. Bei mehreren Gelegenheiten konnte ich der Rabbinerin Delphine Horvilleur bei Grabreden auf geliebte Freunde oder ehemalige Arbeitskollegen zuhören. Sie hat die schwere Aufgabe, das disparate Material, das sie über den Verstorbenen hat zusammentragen können, in eine Erzählung zu verwandeln. Wenn sie das Wort ergreift, versäumt sie es nie, daran zu erinnern, dass das Leben im Hebräischen nicht im Singular existiert.

In deiner Sprache steht das Wort immer im Plural. Weil wir unvermeidlich mehrere Leben haben, aufeinanderfolgende oder sogar parallele, aber zweifellos auch, weil es unmöglich ist, das Leben eines beliebigen anderen zu erfassen. Von den anderen, selbst von jenen, denen man sich sehr nahe fühlt, kennt man im besten Falle nur eine oder zwei Facetten.

Ich vermute, dass über dich wohl alles zu sagen bleibt. Deine Geschichte scheint voller Lücken. Sie fügt Stück für Stück disparate Teile zusammen, ohne sich um Kohärenz zu kümmern, wechselt zwischen Überfluss und extremer Kargheit ab, zwischen Engagement und Rückzug, Krieg und Frieden, Schatten und Licht. Selbst das, was ihr als Ausgangspunkt dient, oder zumindest für mich der Auslöser war, wurde immer noch nicht erhellt. Zur Zeit der Römischen Republik bezeichnete das Wort »*album*« eine »weiße Tafel«, auf der man die Namen von bedeutenden Persönlichkeiten verzeichnete. Richter, Senatoren, Konsuln. Ungeachtet meiner vielen Bemühungen bleibt dein Meisterwerk undurchdringlich. Ein unbescholtenes Blatt, auf das man alles Mögliche schreiben kann.

Du hast es sicher so gewollt, um über den Tod hinaus einen Dialog mit den Lebenden zu führen. Du sprichst durch deine hunderte von Brustbildern zu uns, die nicht ausschöpfen können, was du bist. Am unteren Rand deines Buches hast du mit deinem Vornamen unterschrieben, der so viel bedeutet wie: »Es geht weiter«.

EIN FREUND ERZÄHLTE mir eines Tages von seiner Begegnung mit dem Tod. Als junger Mann hatte er sich entschieden, Jesuit zu werden. Er absolvierte gerade sein Noviziat in einem Kolleg in Kairo, als sein geistlicher Vater krank wurde. Er lief in die Apotheke, um ihm Medikamente zu kaufen. Als er zurückkam, fand er eine geschlossene Tür. Er dachte, sein geistlicher Vater schliefe, und wartete im Flur auf sein Erwachen. Nach drei Stunden betrat er das Zimmer und fand ihn leblos auf seiner Matratze. Aus Achtung und Verbundenheit mit dem Meister erklärte er sich bereit, sich um dessen »Übergang« zu kümmern, wie er es nannte.

Er hatte keinerlei Erfahrung auf dem Gebiet. Zusammen mit anderen legte er den Verstorbenen auf den einzigen Tisch in der Zelle und begann, ihn mit reichlich Wasser zu waschen, ohne ihn je vollständig zu entkleiden oder den Intimbereich zu berühren, dann zog er ihm seine Soutane wieder an und legte ihn in einen Sarg. Er blieb die ganze Nacht an seiner Seite. Am nächsten Tag trat mit dem Erschlaffen der Muskeln eine rote Flüssigkeit aus dem Körper. Zu Heilungszwecken hatte jemand dem Priester empfohlen, literweise Hibiskussaft zu trinken, dem die Ägypter unzählige positive Wirkungen zuschreiben. Man musste ihm den Darm entleeren, die Körperöffnungen wieder verschließen, ihn erneut waschen. Sein Schüler bat ihn mehrmals um Verzeihung. »Ich fühlte mich nicht wohl. Ich habe etwas überschritten. Ein Leichnam ist das Abstoßende par excellence«, erklärte er mir.

Wer gerade gestorben ist, ist ein Hybridwesen, weder Subjekt noch Objekt, niemand in der doppelten Bedeutung dieses Wortes. Eine zugleich abwesende wie schrecklich anwesende Entität, entfernt und nah, die sich entzieht und nichts verbirgt. Ein Dazwischen, das abstößt und fasziniert und auf ein unerreichbares Anderswo und unsere banalste Intimität verweist. Auf das Höchste und das Tiefste.

Dem Novizen gelang es, sein Unbehagen zu überwinden. »Damals war ich gläubig. Das gab dieser Leere, dieser Stille eine Bedeutung.« Er beteiligte sich an weiteren Totenwaschungen, legte aber nie die Gelübde ab und verließ schließlich die Gesellschaft Jesu. Danach ist er Philosoph geworden. Der Tod ist eines seiner wesentlichen Forschungsthemen.

Jacob oder, genauer gesagt, Jacques machte daraus seinen Beruf. In den frühen 1990er Jahren trat er einem Spezialkorps bei, einer Kaste, der *Chewra Kadischa,* der heiligen Gesellschaft. Als ich nach dem Grund dafür fragte, gaben seine Kinder, ohne sich abzusprechen, einer nach dem anderen dieselbe Antwort: »Das war ein Aufstieg!« Das Ende einer erfolgreichen Karriere. Ein logischer Abschluss, könnte man sagen. Im Vorstand der jüdischen Gemeinde von Paris war er bis dahin für Geburten und Eheschließungen zuständig gewesen. Nachdem er mit den ersten beiden Etappen des Lebens betraut war, dem Anfang und der Mitte, wurde ihm das Ende übertragen. Er führte den Titel eines Direktors, verfügte über ein geräumiges Büro, eine Assistentin und ein erfahrenes Team. Er wurde in seiner Gemeinde zu einer bekannten und geachteten Persönlichkeit. Der Mann, der sein ganzes Leben lang blank gewesen war, erhielt zum ersten Mal ein gutes Gehalt, das seiner großen Verantwortung angemessen war.

Er erfüllte eine besonders ehrenvolle Aufgabe. Im Judentum war diese Tätigkeit lange Zeit einer Elite vorbehalten, einigen wenigen, sorgfältig ausgewählten Notabeln. Die größte aller Mizwot, eines der wichtigsten Gebote der Thora, konnte nur von außerordentlichen und angesehenen Persönlichkeiten erfüllt werden. Nach und nach wurde die Rekrutierung demokratisiert. Heutzutage muss man fromm, demütig, zurückhaltend und ausgeglichen sein, um in der Bruderschaft zu dienen. Ihre Mitglieder begnügen sich nicht damit, eine gute Tat zu vollbringen. Sie rühren an etwas, das dem Menschen eigen ist, an eine wesentliche anthropologische Eigenschaft. Wir sind die einzigen Tiere, die ihre sterbliche Hülle vergraben. Die Menschheit beginnt, so heißt es, mit der ersten Beerdigung, der ersten Handvoll Erde, die auf einen geliebten Menschen geworfen wird.

Jacob machte sich an eine uralte Aufgabe, gegen die seine Mitmenschen Abneigung empfinden. Sein Engagement bei der *Chewra Kadischa* bleibt für seine Freunde und Verwandten rätselhaft. Die meisten von ihnen erfuhren erst Jahre später von seinem neuen Beruf und nicht durch ihn. Wie üblich sprach er mit niemandem darüber. Sein Bruder Itzhak wundert sich noch heute: »Jeden Tag siehst du Tote. Ich verstehe nicht, warum er das getan hat.«

Reagierte er auf einen Ruf, einen Befehl von oben, dem er nicht widerstehen konnte? In einer Berufung gibt es immer auch etwas Unerklärliches. Das Heilige war ein Teil von ihm. Er kam aus einer zutiefst frommen, von Gebeten und Festen geprägten Welt. In seinem Internat in Israel hatte er eine religiöse Ausbildung erhalten. Trotz seiner aufeinanderfolgenden Exilaufenthalte und dem Bruch mit der Tradition seiner Väter, glaubte er weiter an Gott. »Auf seine Weise«, wie einer seiner alten Freunde sagte, den ich zu Beginn der Pandemie hatte am Telefon erreichen können. Er hatte nichts von einem Rigoristen. Er trug keine Kippa, hielt sich nur sehr locker an den Sabbat und hätte nicht koscher gegessen, wenn seine Tochter Shirley es bei ihrer Bat-Mitzwa, ihrer Kommunion, nicht verlangt hätte. Hingegen las er viel. Er interessierte sich für die Kabbala, die Gemara und die jüdische Philosophie. Ein Gläubiger mit variabler Geometrie, aber gelehrt, neugierig, diskussionsfreudig, den in ihren Gewissheiten eingemauerten Ultra-Orthodoxen in schwarzen Kaftanen ebenso zugewandt wie den liberalen Befürwortern der Frauenordination.

Weder Prestige noch Geld, nicht einmal der Glaube reichen aus, seine Entscheidung zu erklären. Also eine Frage des Temperaments? Eine Todesneigung? Eine tiefe Traurigkeit, die ihn in die Welt des Makabren geführt hat? In seiner Umgebung hinterließ er ein gegenteiliges Bild, das Bild eines »jovialen Mannes« mit »ansteckender Freude«, entsprechend den Automatenfotos seiner Jugend. Zum Beispiel liebte er Kleinkunst. Wenn er einen Witz hörte, konnte er in einen so dröhnenden Lachkrampf verfallen, dass er dem Witzerzähler damit die Schau stahl. Doch sein Frohsinn verbarg einen gequälten Geist. Hinter seinen Freudenausbrüchen lauerten alte Schatten, die seine neue Arbeit nur verschlimmern konnte. Es bleibt eine Hypothese, die ich für die wahrscheinlichste halte: Jacob B'chiri war genau zu diesem Zweck in die *Chewra Kadischa* eingetreten – um sich mit alten Bekannten zu messen. Bevor er seine Odyssee vollendete, musste er noch das Reich des Hades besichtigen und die Rechnung mit seinen Geistern begleichen. Er wollte seine Vergangenheit bereinigen.

Sicherlich hoffte er, dort Frieden zu finden. In dem Punkt scheiterte er. Gewissenhaft erfüllte er seinen Auftrag mit äußerster Gründlichkeit bis zur Erschöpfung. Ihm opferte er fast alles. Seine Frau, seine Kinder, seine Gesundheit, sein Leben und das, was er noch an Fröhlichkeit und Leichtigkeit bewahrte. Er wurde überwältigt. Er war in der gesamten Region Île-de-France tätig, manchmal auch darüber hinaus und betreute im Durchschnitt etwa zehn Todesfälle pro Tag, also zehn absolute Dramen, zehn Familien, die es zu trösten und denen es zu helfen galt. Daneben gab es ebenso viele Probleme zu lösen. Tonnenweise Formulare ausfüllen, Ämter anrufen, um einen Friedhof am Sonntag öffnen zu lassen, einen freien Platz in den »Grabfeldern« finden, die bereits überfüllt sind, die Zustimmung eines Rabbiners einholen, um einen Selbstmörder aufzunehmen, zwei Menschen, die sich liebten, unter derselben Steinplatte zu vereinen, all das unter Zeitdruck, in Trauer und unter Einhaltung der Rituale.

Der Tod macht keine Pause. Jacob auch nicht. Seine verschiedenen Telefone läuten zu jeder Tages- und Nachtzeit die Totenglocke. Er wird sogar zu Hause auf dem Festnetzanschluss angerufen. Shirley macht sich immer noch Vorwürfe beim Gedanken an die von ihr aus Überdruss abgewiesene, in Tränen aufgelösten Person, die um 3 Uhr morgens nach ihrem Vater fragte. Er geht immer ran. Er nimmt sich Zeit zuzuhören, zu reden, zu trösten, einfach da zu sein, aufmerksam und wohlwollend. Seine Kinder sehen ihn nicht mehr. Er arbeitet sogar am Wochenende. Er verschwindet, ohne Bescheid zu sagen, kampiert in seinem neonbeleuchteten Büro und kehrt im Morgengrauen erschöpft zurück, um sich die Vorhaltungen seiner Frau anzuhören, die verrückt vor Sorge alle Pariser Krankenhäuser angerufen hat.

Theoretisch führt er die Totenwaschung nicht selbst durch. Das überlässt er seinen Mitarbeitern. Seine Gruppen bestehen aus Freiwilligen, die *Haverim* genannt werden. Das sind »Gefährten«, »Genossen« – der Begriff wird ihn an den Kibbuz oder die Armee erinnert haben. Wenn einer von ihnen aus irgendeinem Grund mal nicht da ist, muss er irgendwie ersetzt werden. Die Zeit drängt. Der Zeitpunkt der Beisetzung rückt näher. Und Jacob ist ein *Haver* wie die anderen. Schon ist er auf dem Weg. Folgen wir ihm. Im Krankenhaus weiß wie üblich niemand, wo sich das Totenzimmer befindet. Die Dame am Empfang sucht auf ihrem Plan und lotst ihn in den Keller. Am Ende eines Flurs befindet sich ein winziger, heruntergekommener Raum. Bedienstete in Kitteln arbeiten vor einer mit Kühlfächern bestückten Wand. Brummen eines Elektromotors, das Klappern eines Karrens, herzlicher Empfang und launige Worte, vielleicht ein Medizinerwitz, man muss sich ja bei Laune halten. In einem kleinen, rechteckigen Raum ohne Fenster findet er einen seiner Freiwilligen, der bereits seiner

Arbeit nachgeht, und in der Mitte, auf einer Stahlfläche, eine menschliche Gestalt, die in ein weißes Laken gehüllt ist.

Ohne miteinander zu reden, vollführen die beiden Männer eine perfekt synchronisierte Choreographie. Das nach und nach über jeden Teil des Körpers vom Scheitel bis zu den Zehen gegossene Wasser, das unter den Fingernägeln entlanggeführte Stäbchen, die Seife, mit der durch die Haare, unter die Achseln, zwischen die Schenkel, über den Unterbauch gefahren wird. Während sie langsame, fast zärtliche Gesten vollziehen, psalmodiert einer von ihnen – ist er es? – Gebete und entschuldigt sich leise für die Verletzungen und die Fehler, die er womöglich begeht.

Diese Szene kann ich mir nur ausmalen, sie anhand von Gesprächen mit Beteiligten rekonstruieren. Ich wollte es sehen, nein, das wäre gelogen, eher: Ich fühlte mich verpflichtet, dem Ritual beizuwohnen, um es zu verstehen und so präzise wie möglich zu sein. »Bist du verrückt? Nicht mal im Traum!«, warnte mich eine Freundin, die sich als Wissenschaftlerin auf die Geschichte des Judentums spezialisiert hat. »In dem Pakt, der uns an den Toten bindet, dürfen wir keine Einzelheiten nennen. Niemand wird Ihnen erzählen, was während der Waschung geschehen ist«, bestätigte mir Serge Benhaïm, der Vorsitzende der *Chewra Kadischa* in Paris, der dafür aber nicht mit Erklärungen geizte. Über das Ritual. Über seine Bedeutung. Die Reinigung, die *Tahara* auf Hebräisch, entfernt nicht nur den Schmutz, die Absonderungen, den Rückfluss, sondern auch das, was die Seele des Verstorbenen befleckt, bevor dieser vor seinen Richtern erscheint.

Niemand weiß, was Jacob beim ersten Mal empfand. Sicherlich Schrecken. Ein Abscheu, Widerwillen, gepaart mit Faszination, und der Scham, derartige Gefühle zu empfinden. Leichen hatte er schon gesehen. Wie könnte man ihnen entkommen, wenn man an einem Krieg teilnimmt? Auf Bahren liegende oder in die Erde versenkte Tote, mit Schrott und Pulver vermengt, aufgebläht und aufgedunsen unter ihrer Uniform, aber nie in einer solchen Schmucklosigkeit. Nichts bereitet einen auf den Anblick eines leblosen, nackten, steinernen Körpers vor, der zugleich schwer und gebrechlich ist und auf einem Metalltisch liegt, auf seine Hülle, die bereits nicht mehr die eigene ist, eine kalte, bleiche, durchsichtige, hart gewordene Haut, hier und da von bläulich-roten Flecken überzogen, auf die schreckliche Mechanik der menschlichen Flüssigkeiten und auf den stechenden, beißenden, ebenfalls schweren Geruch, den man nie ganz loswird. Üble Gerüche, die einem die Nase erfüllen, einem an der Haut kleben, den Haaren, der Kleidung und einen bis nach Hause begleiten.

Möglich ist es wiederum, den Zeitpunkt zu bestimmen, zu dem Jacob am heftigsten mit dieser körperlichen Dimension des Todes konfrontiert wurde, mit jenem Nahkampf mit seinem Nach-Mir.

Am 1. August 2003 kündigte der Wetterbericht eine bevorstehende Hitzewelle aus dem Süden an. Die x-te weitere Hitzewelle nach einem bereits glühend heißen Juli. Auf den Satellitenbildern sieht man Gewitterzellen entlang der Alpen, einige Dunstgebiete über England und in Nordeuropa. Über Frankreich nichts. Nicht eine einzige Wolke. Ein Teppich aus trockener, heißer Luft bedeckt ganz Frankreich und bewegt sich nicht mehr. In Paris zeigt das Thermometer an neun aufeinanderfolgenden Tagen Werte von über 35° C an. Nachts sinkt die Temperatur kaum noch ab. Es ist unmöglich, sich zu erholen, Kraft zu schöpfen, um sich dem Glutofen des nächsten Tages zu stellen. Die Notrufe häufen sich. Oft sind es die Nachbarn, die wegen des abscheulichen Gestanks Alarm schlagen. Auf der Fußmatte finden die Feuerwehrleute einen Stapel nicht angerührter Essenslieferungen und hinter der Tür einen verwesenden Körper. Sehr schnell sind die Leichenhallen voll, die Bestattungsunternehmen kommen nicht mehr hinterher, Särge sind ausverkauft. Die Hitzewelle wird fast fünfzehntausend Todesopfer fordern. In den meisten Fällen sind es alte Menschen, die allein leben.

Unsichtbare, verborgene Todesfälle. Das Land macht seine erste große Gesundheitskrise des Jahrhunderts in fast allgemeiner Gleichgültigkeit durch. Da gibt es das Frankreich der Strände und das der Schwitzkästen. Das eine lebt auf, nutzt den wohlverdienten Urlaub, das andere leidet. Die Minister sind ausgeschwärmt. Wer innerhalb des Staatsapparats die Stellung hält, verschweigt lieber die Wahrheit als die Sommerfrischler in Panik zu versetzen.

Schon gleich zu Beginn des Monats August begriff Jacob B'chiri, was vor sich ging. Seine Abteilung verzeichnete dreimal so viele Todesfälle wie üblich. Bis zu dreißig pro Tag. So etwas hatte er noch nie gesehen. Also gab er einem Journalisten der ehrwürdigen Jewish Telegraphic Agency ein Interview, vielleicht das erste und einzige seines Lebens. Darin beschrieb er andeutungsweise alptraumhafte Szenen: »Im Krankenhaus werden die Leichen so gestapelt, dass wir nicht immer an sie herankommen. Manchmal bleiben sie dort tagelang, bevor sie beerdigt werden, und wir können nichts tun.« Aus seinen Worten hört man große Verzweiflung und auch Wut. »Die Rabbiner sind alle im Urlaub und haben nicht für Vertretung gesorgt. Außerhalb von Paris, in Orléans oder Tours, ist es noch schlimmer.« Trotz dem Mangel an Personal behauptete er, er sei in der Lage, die Totenwäsche zu gewährleisten. »Aber es ist niemand da, um das Schma Jisrael zu sprechen und die Kerzen anzuzünden. Was kann man tun, wenn die Verwaltung der Gemeinde praktisch den ganzen Sommer über geschlossen ist?«

Drei Wochen lang folgte für ihn eine schlaflose Nacht auf die nächste, und er war ständig auf den Beinen. Manchmal musste er die sterblichen Überreste in Rungis abholen, in einem Kühllager, das zu einer riesigen Leichenhalle umfunktioniert worden war, Einblick in die Register nehmen, durch Reihen von Feldbetten irren, die Plastikhüllen inspizieren und die Namen auf den Armbändern überprüfen, während er vor Kälte zitterte und immer wieder auf die Uhr sah. Jede Minute zählt. Eine Leiche unbegraben zu lassen, ist der größte Affront, eine Beleidigung Gottes und seiner Schöpfung. »Du sollst ihn am selben Tag begraben«, lautet die biblische Aufforderung. Zwischen dem Dahinscheiden und der Beerdigung, so heißt es, erfährt die Seele großes Leid. Wer einen Toten – und seien es nur vierundzwanzig Stunden – der frischen Luft aussetzt, verstößt gegen eines der größten Verbote des Judentums.

Wie jedes Jahr hatte Jacob geplant, mit der Familie in Urlaub zu fahren. Am Vorabend der Abreise verkündete er seiner Frau, dass er sein Amt in einem solchen Moment nicht ruhen lassen könne. Sie hatten einen heftigen Streit. Rosine warf ihm vor, wieder einmal sei ihm die Arbeit wichtiger als die Familie. Sie packte ihren Koffer und überließ ihn seinem Totenzug. Fiel der Entschluss, sich scheiden zu lassen, bei ihrer Rückkehr? Einige Monate später wurde das Urteil verkündet. Er überließ ihr die Wohnung in der Rue Clauzel und zog auf die andere Straßenseite, in ein leerstehendes Ladenlokal, das bald bis zur Decke mit seinen bunt zusammengewürfelten Sachen gefüllt war. Seine Exfrau hatte verlangt, dass er mit all seinem Krempel auszog, der die Ursache für so viele Klagen war.

In jenem Jahr erlebte er einen weiteren Schock. Die Thora verbietet jede Form der Verstümmelung. Sobald eine Autopsie angeordnet wird, interveniert Jacob bei der Staatsanwaltschaft, um sie zu verhindern oder wenigstens zu erreichen, dass der Eingriff so gering wie möglich ist. Das ist Teil seiner Arbeit. Wenn das Gesetz es verlangt – bei Verdacht auf ein Tötungsdelikt oder bei erwiesener Tötung –, ist er bei der Obduktion anwesend, um sicherzustellen, dass jedes Organ und jedes Gewebe, das zu Untersuchungszwecken entnommen wurde, auch wirklich wieder an seinen Platz kommt. Er muss alles tun, um die körperliche Unversehrtheit des Verstorbenen zu bewahren. Lange Zeit glaubten die Rabbiner, die Menschen würden in dem Zustand wiederauferstehen, in dem sie begraben werden. Regelmäßig begibt er sich ins Rechtsmedizinische Institut am Quai de la Rapée. Er zieht einen Kittel an und sieht zu, wie der Gerichtsmediziner mit dem Skalpell den

Brustkorb öffnet und dann mit der Säge die Schädeldecke von dem zerlegt, was manchmal nur wenige Stunden zuvor noch ein lebendiger Mensch war, ein lustiger, nachdenklicher, zärtlicher oder gewalttätiger.

Ende November 2003 – das genaue Datum kenne ich nicht –, hieß der Junge, der da vor ihm lag, Sébastien Selam. Der talentierte dreiundzwanzigjährige DJ, der unter dem Alias LamC im »Bains Douches« und im »Queen« auflegte, war gerade im Keller seines Wohnblocks in der Rue Louis-Blanc in Paris gefoltert und ermordet worden. Ein Gemetzel. Mit Küchenmesser und Gabeln. Ein antisemitisch motivierter Mord. Der erste einer langen Reihe, den die Justiz damals jedoch als solchen anzuerkennen sich weigerte. Der Mörder war ein Nachbar und Jugendfreund. »Ich habe einen Juden getötet. Ich komme ins Paradies«, hatte er der Mutter des Opfers zugerufen, bevor er verhaftet wurde. Das Gutachten kam zu dem Schluss, die Tat sei im Zustand geistiger Umnachtung begangen worden, und das Gericht erklärte ihn für unzurechnungsfähig.

Drei Jahre später war Jacob, diesmal im Krankenhaus von Évry, auch bei der Autopsie von Ilan Halimi anwesend, der kurz zuvor an den Gleisen der Schnellbahnlinie RER C gefunden wurde. Ein weiteres Opfer von absolutem Hass. Ein weiterer gemarterter Körper, fast vollständig verbrannt, voller Hämatome und mit einem Teppichmesser zugefügter Schnittwunden, das Gesicht zerschunden, der Hals bis aufs Blut geritzt. Unerträgliche Bilder. Der Leiter der *Chewra Kadischa* konnte sie mit niemandem teilen. Sie brannten sich ein, fügten sich anderen hinzu. Es ging ihm bereits schlecht. Der Fall Halimi stürzte ihn noch tiefer in etwas, was sehr nach einer Depression aussah. Alles vermischte sich. Privat- und Berufsleben brachen gleichzeitig zusammen. Kaum war er von seiner Frau getrennt, verlor er seine Arbeit.

Jahre nach der Hitzewelle beschuldigte der Gemeindevorstand ihn plötzlich, in einem Fall das Ritual nicht eingehalten zu haben. Im Chaos des Sommers 2003 sei ein Toter nicht ordnungsgemäß gewaschen worden. Er bestritt das heftig und beklagte, es gehe um eine Abrechnung, einen Vorwand, ihn aus dem Weg zu räumen und seinen Platz neu zu besetzen. Er wurde wegen schweren Fehlverhaltens entlassen. Er zerrte seine ehemaligen Arbeitgeber sofort vor das Arbeitsgericht, nicht um eine Entschädigung zu erhalten, sondern um seine Ehre wiederherzustellen. Er? Seine Pflichten vernachlässigen? Gegen ein biblisches Gebot verstoßen? Der Gedanke daran machte ihn krank. »Alles, was ich verlange, sind Entschuldigungen«, sagte er immer wieder. Ein Dutzend angesehene Rabbiner erklärten sich bereit, für ihn auszusagen. Er gewann den Prozess.

Welche Erinnerung hinterließ er in seiner Abteilung? Erfüllte er seine Aufgaben ordnungsgemäß? War er überhaupt dafür geeignet? Ich beschloss, Serge Benhaïm zu befragen, da ich wusste, dass es ihm schwerfallen würde, sich gegen die Position seiner eigenen Institution zu stellen. Zum Zeitpunkt unseres Gesprächs war er seit fünf Jahren Vorsitzender der *Chewra Kadischa*. Er galt weltweit als Experte für Waschung und Beisetzung. Seine Antwort war kategorisch: »Monsieur

B'chiri erfüllte alle Voraussetzungen eines *Haver*. Er war verfügbar und respektvoll.«

Jacob, der bis zu seiner Kündigung nicht eine Minute für sich gehabt hatte, stand plötzlich untätig da. Seine Tage folgten gleich und eintönig aufeinander. Er mochte zwar rehabilitiert sein, trotzdem empfand er sicher wie viele Arbeitslose. Ein Gefühl der Scham. Etwas, das an Trauer erinnert. Gerade hatte er verloren, woran er am stärksten hing. Sein Zuhause, seinen Platz in seiner Gemeinschaft, seinen sozialen Wert. Mit achtundfünfzig Jahren kehrte er allem den Rücken. Den Toten wie den Lebenden.

Nach der plötzlichen Trennung von seiner Frau verschlechterte sich nach und nach die Beziehung zu seinen Kindern. Im Zuge der Scheidung erwartete er ihren Beistand und wurde verletzt von ihrer Weigerung, Partei zu ergreifen. Von besonderen Anlässen abgesehen, sah er sie nicht mehr. Auf einem seiner letzten Fotos assistiert er dem *Mohel* bei der Beschneidung seines Enkels Saul. Er sitzt auf einem goldenen Stuhl, hält das Neugeborene auf dem Schoß und hat die Augen geschlossen. Seine Gesichtszüge sind angespannt. Er trägt eine Krawatte. Graues Haar umrahmt sein breites Gesicht. Ein Gebetsschal bedeckt die leicht gebeugten Schultern. Rechts neben ihm steht David und lächelt.

An der Beisetzung seiner Mutter Miziana auf dem großen Friedhof von Beer-Sheva hingegen nahm er nicht teil. Er erklärte, der Arzt habe ihm verboten zu fliegen, weil er an Herzinsuffizienz litt. Amos, sein Lieblingsneffe, begann sich Sorgen zu machen. In regelmäßigen Abständen erkundigte er sich telefonisch nach ihm. Jedes Mal sagte sein Onkel, von den gesundheitlichen Problemen abgesehen sei alles bestens. Seine Arbeit als Architekt. Die Beziehung mit Rosine. Ja, wirklich, es geht gut, danke, Gott sei gepriesen. Keine Probleme!

Er hatte ihm zu keinem Zeitpunkt etwas erzählt.

Kein Wort über seine verhinderten Ambitionen, über das dunkle Reich, in dem er wirkte, über seine zerstörte Ehe, die Entlassung, die Einsamkeit. All die Jahre über hatte er die Illusion einer perfekten Liebe, eines makellosen Erfolgs aufrechterhalten. Des von Jacob erträumten Lebens.

Nach und nach schottete er sich von der Welt ab. Er schrieb keine Briefe mehr, ging nicht mehr ans Telefon. Er verschwand oder besser gesagt, er vergrub sich. Unter einem Haufen von Büchern, alten Zeitungen, von Nippes, ausgedienten Geräten, Technikwracks, von allem, was ihm in die Hände fiel. Mit der Arbeitslosigkeit hatte sich sein Bedürfnis, alles zu horten, noch verstärkt. Er warf nichts mehr weg. Die Angst vor der Leere behandelte er mit Überfülle. In der Mitte des Raumes stand ein Himmelbett. Um es zu erreichen, musste er sich zwischen Papierstapeln, Bergen von Kleidungsstücken und einem ganzen Sammelsurium hindurchschlängeln, das einzustürzen drohte. Irgendwann wurde seine Ali-Baba-Höhle unbewohnbar.

Als ihm, wie ich vermute, ein weiterer Karton voller Klamotten keinen Platz mehr ließ, kehrte er zu seinen alten Gewohnheiten zurück. Er kampierte hier und da. Ein Rabbiner nahm ihn in seiner Synagoge in Sartrouville auf. Eine Freundin, die einen Teil des Jahres in Israel lebte, stellte ihm ihre Wohnung zur Verfügung. Sie wohnte in einem Gebäude aus beigefarbenen Backsteinen, eingezwängt zwischen einen asiatischen Feinkostladen und ein Lebensmittelgeschäft in der Rue de Patay im 13. Arrondissement von Paris. Bevor sie ins Flugzeug stieg, rief sie seine Kinder an. Der Zustand von deren Vater machte ihr Sorgen. »Er ist nicht gut beieinander«, sagte sie ihnen. Shirley hatte ihn bei ihrer letzten Begegnung ebenfalls sehr abgemagert gefunden. Es gelang ihr und David, ihn zu erreichen, aber er weigerte sich, sie zu sehen.

Am Freitag, den 23. Mai, rief Jacobs Freundin sie von ihrem Urlaubsort in Israel an. Diesmal sehr besorgt. Ihre Nachbarn in der Rue de Patay hatten sie gerade kontaktiert, um sich über den Lärm zu beschweren. Der Fernseher war die ganze Nacht über gelaufen. Noch am Morgen konnte man trotz des Straßenlärms hören, wie er deutlich seine Dezibel ausspuckte. Erneut versuchte David, seinen Vater ans Telefon zu bekommen und erreichte nur die Mailbox. Er alarmierte sofort die Polizei. Erst spät am Abend erschien eine Streife vor Ort. Ein Ordnungshüter oder ein Feuerwehrmann, nehme ich an, drückte auf die Klingel, klopfte immer lauter, schlug mit der Faust, erhob die Stimme und brach dann, aller Wahrscheinlichkeit nach, die Tür mit einem hydraulischen Türöffner auf. Beim Betreten der Wohnung wurde sein Blick wahrscheinlich zuerst vom Fernseher angezogen, von dessen Millionen von

Lichtpunkten, dem unermüdlichen Bilderfluss, einer betörenden Kraft, einer seltsamen, fast erschreckenden Macht in dieser gespenstischen Wohnung, als wäre das Gerät von eigenem Leben beseelt. Er selbst oder einer seiner Kollegen erkannte dann im Halbdunkel den Körper eines Mannes, der auf dem Boden lag. Für ihren Bericht mussten sie weder Puls noch Atmung kontrollieren. Der Tod war schon vor einer Weile eingetreten.

EPILOG

Auf den Stelen und Steinplatten zogen Namen in hebräischen, kyrillischen, lateinischen Buchstaben vorbei, auch in amharischen – aber seiner war nicht darunter. Jérémy schritt eine Reihe ab, ich die andere. Wir waren verloren in einem Labyrinth der Stille. Wir hätten früher kommen müssen. Der Tag neigte sich und es war bereits niemand mehr da. Ein einfaches Mäuerchen markierte das Ende des Friedhofs. Jenseits davon erstreckte sich eine kahle, ockerfarbene Wüste mit vereinzelten staubigen Büschen. Uns blieb nichts anderes übrig, als umzukehren. Von einem noch nicht genutzten Stück des Friedhofs erklang das Geräusch einer Spitzhacke. Etwas weiter wurde unter den Blicken einer mageren Ansammlung von Besuchern ein in ein Leichentuch gehüllter Körper in sein Sandloch gelassen.

Am selben Morgen waren wir in Beer-Sheva angekommen, um einen der besten Freunde von Jacob und eine seiner Cousinen zu treffen. Jedes Mal bekamen wir unterschiedliche Berichte zu hören, was nicht weiter verwunderlich ist, aber es ärgerte meinen Dolmetscher, der seit seiner Abkehr vom ultra-orthodoxen Judentum Ungenauigkeit nicht mehr ertrug. »Wie willst du mit all diesen verschiedenen Versionen ein Buch schreiben?«, fragte er mich immer wieder und fügte wie zu sich selbst hinzu: »Das einzig Wahre ist die Wissenschaft!«

Es war natürlich unmöglich, die Zeremonie zu stören. Jérémy befragte einen Nachzügler, der uns keinerlei Hilfe war. Wir hatten nur die Nummer des Feldes, auf dem es mehrere hundert Gräber gab. Ich nahm die Suche wieder auf und begann mit dem am weitesten entfernten Teil des Vierecks. An diesem zur Unendlichkeit hin geöffneten Ort war das kleinste Stück Fläche umkämpft. Man konnte kaum einen Fuß zwischen zwei Gräber setzen. Ich lief balancierend herum, als ich die drei hebräischen Buchstaben erkannte, die ich unzählige Male entziffert hatte. Jérémy kam zu mir. Er las: »Miziana B'chiri. Eine bescheidene und gerechte Frau. Wir werden uns deiner immer erinnern, Mama.«

Auf dem Weg dorthin hatten wir uns das Wohngebäude angesehen, in das sie in den 1980er Jahren zog, nachdem sie aus ihrem Haus in Ra'anana vertrieben worden war. Sie wohnte in einer Zweizimmerwohnung in einem kleinen verputzten Wohnblock mit vergitterten Fenstern in der Talmud-Straße, mitten im Dalet-Viertel. Aus dem Treppenhaus drang Geschrei. Auf der Straße spielten Kinder Fußball. Sie war 2011 im Alter von neunundachtzig Jahren gestorben. Das Grab ihres Sohnes konnte nicht weit entfernt sein.

Nachdem er fast sein ganzes Leben lang von seiner Mutter getrennt gewesen war, hatte er darum gebeten, in diesem Fleckchen Erde an ihrer Seite begraben zu werden. Dafür hatte die Überführung seiner sterblichen Überreste nach Israel organisiert werden müssen, das Zusammenstellen aller Papiere, das Einholen einer Genehmigung des Konsulats, der Kauf einer Grabstätte, und bevor es so weit war, hatte man Familie und

Freunde benachrichtigen und zugleich beim gerichtsmedizinischen Institut und den französischen Behörden intervenieren müssen, um das Verfahren zu beschleunigen. Eine Verfolgungsjagd in Panik und unter Tränen. Im Verlauf dieser wenigen, alptraumhaften Tage hatten Shirley und David, wie sie sagten, endlich begriffen, wie der Alltag ihres Vaters ausgesehen hatte.

»Yaakov Zakine B'chiri« lag drei Reihen weiter. In einer zwangsläufig erschütternden Verkürzung war das, was er gewesen war und wonach er gestrebt hatte, in den Marmor gemeißelt: »Direktor der Chewra Kadischa, Architekt und Künstler«. Die Grabinschrift würdigte sein »großes Herz«, seine »wunderbare Seele« und sein »gewaltiges Lächeln«.

Die Beerdigung hatte Ende Mai 2014 stattgefunden, am frühen Nachmittag, bei strahlender Sonne und in Anwesenheit des fast vollständigen B'chiri-Clans. Die Freunde aus der Kindheit, Yoshua, Rafael, Yosef, Gérard, waren ebenfalls da. Insgesamt werden es etwa dreißig Personen gewesen sein, die sich schweigend um das Grab versammelten. Manche waren aus Frankreich gekommen, andere aus allen Teilen Israels. Viele von ihnen begegneten sich zum ersten Mal.

Bevor der Leichnam in die Erde gelassen wurde, erlitt Amos einen Schock. Als der Körper bewegt wurde, hatte sich das Tuch, das ihn einhüllte, einen Spalt breit geöffnet. Jacobs Gesicht war vollständig von weißen Haaren bedeckt. »Er hatte einen Rabbi-Bart«, erzählte mir sein Neffe bei unserer Begegnung erstaunt. Ob das an der Zeit lag, die seit dem Tod verstrichen war? Selbst nach dem Tod wachsen Haare weiter, leben sie weiter, so heißt es, wie aus Trotz, so wie ein Blumenstrauß, der sich öffnet. Das Sich-Zusammen-Ziehen der Epidermis bewirkt ein Hinausdrängen der Haare. Oder war Jacob am Ende all seiner Leben vielleicht ein *Charedi* geworden, ein Gottesfürchtiger?

Nach der Grabrede, dem Lesen der Psalmen und dem von den Angehörigen vorgetragenen Kaddisch versammelten sich alle in einem großen Nebenraum. Abseits vom Verstorbenen durften die Trauernden sich endlich ihren ergriffenen Begrüßungen, den herzlichen Umarmungen hingeben. Jeder drängelte sich vor, um die Kinder zu umarmen, und nannte Namen, Wohnort und Verwandtschaftsgrad. Shirley und David empfingen diese Empathiebekundungen wohl in einem Zustand der Verwirrung und Verlegenheit, ohne je so recht zu verstehen, von wem sie kamen. Sie schüttelten Hände, erwiderten mechanisch Küsse und äußerten ihre Dankbarkeit in stammelndem Hebräisch.

Eine alte Dame in einer Djellaba, die sie vielleicht bis dahin noch gar nicht bemerkt hatten, kam auf sie zu. »Ich habe Ihren Vater gut gekannt, als er ein Kind war«, sagte sie. Sie stellte sich als eine entfernte Verwandte vor. Sie war in den 1950er Jahren nach Israel ausgewandert. Wenn es Jacob gelang, seinem Internat zu entfliehen, verbrachte er das Wochenende bei ihr. Sie war für ihn mehr als eine Freundin, fast eine zweite Mutter. Sie hieß Shirli.

Jacobs Tochter war sprachlos. Endlich verstand sie, warum sie nicht den Vornamen trug, auf den sich ihre Eltern vor ihrer Geburt geeinigt hatten. Ursprünglich sollte er Deborah lauten. So hatte es ihre Mutter entschieden, und Jacob hatte sich ihrem Willen gebeugt. Als er vom Standesamt zurückkam, sagte er ihr, er habe sich schließlich für Shirley entschieden. Rosine war wütend geworden. Um sich zu rechtfertigen, hatte er erklärt, »Shirli« bedeute auf Hebräisch »Mein Lied«. Das sei poetisch. Ihm wurde verziehen. Den wahren Grund hatte er nicht genannt. Denn der verwies ein weiteres Mal auf seine Vergangenheit. Auf ein fehlendes Glied in seiner Kette, das er immer wieder durch Fadenstücke zu ersetzen versucht hatte.

DANKSAGUNG

Am tiefsten in der Schuld stehe ich bei Shirley und David. Ohne ihre Hilfe, ohne ihre Ermutigung hätte ich diese Geschichte, die die ihre ist, nicht schreiben können. Es ist mir wichtig, allen Angehörigen ihrer Familie und den Freunden ihres Vaters, die so freundlich waren, meine Fragen zu beantworten, meine Dankbarkeit auszudrücken. Danke an Itzhak und Raya, Amos, Yoshua, Gérard, Yosef, Yaacov und Marcelle.

Danke auch an Virginie Delumeau von der Fondation OPEJ, an die Rabbiner Aimé Atlan und Philippe Haddad, an Serge Benhaïm, Alex Metzker, Élie Korchia, Shimon Mercer-Wood und an Daniel Saada. An Sonia Fellous, die liebenswürdigerweise die »Postkarten« von Jacob übersetzt hat. An Sylvie-Anne Goldberg und Patricia Hidiroglu, ohne die ich absolut nichts von den Beerdigungsriten des Judentums begriffen hätte. Danke, vor allem, an Dr. Simon Saghroun, den unersetzlichen Führer in der jüdischen Gemeinde auf Djerba.

Dieses Buch hat viel dem sachkundigen Rat von Lucette Valensi und Abraham Udovitch zu verdanken, den wertvollen Kontakten zu Frédéric Bobin, Olivier Poivre d'Arvor, Danièle Kriegel und Charles Enderlin, den Dolmetscherkünsten von Jeremy Cohen und meinen langen Gesprächen mit Annie Kabla, Nibras Chehayed, Daniel Ben Simon, Claude Sitbon und Peggy Cidor.

Ich bin Anita Dolfus zutiefst dankbar dafür, dass sie mir ihr Haus in Houmt Souk zur Verfügung gestellt hat, und Thierry Oberlé dafür, dass er mich in seinem Haus in Jerusalem aufgenommen hat. Jedes Mal wurde aus dem, was eigentlich ein kurzer Aufenthalt sein sollte, der Pandemie wegen ein langer Schreibaufenthalt.

Und schließlich möchte ich mich bei Manuel Carcassonne, Alice d'Andigné und Mélie Chen für ihre Freundschaft, ihre Unterstützung und ihre aufmerksame Lektüre bedanken.